쇼와 천황과
일본패전

저자 고케츠 아츠시

역자 박현주

Publishing Company

추천의 말

　오늘날 동아시아의 지식인들에 의하여 국가와 국경을 초월한 연구교류가 활발하게 이루어지고 있는 것은 21세기에 들어와서도 여전히 불식되지 않고 있는 내셔널리즘의 연쇄를 극복하고 트랜스내셔널한 역사인식을 공유하려는 시도이자 노력이라고 할 수 있다. 이와 같이 동아시아의 평화와 공존을 모색하기 위해서는 무엇보다도 '과거의 극복'이 우선되어야 하며 그 중에서도 특히 일본에서의 천황·천황제의 전쟁 책임을 묻는 것은 피해갈 수 없는 문제라 할 수 있다. 침략전쟁과 식민지 지배가 끝나고 이미 60여년을 지나서도 여전히 전쟁 책임을 부정하고 과거사를 정당화하려는 역사 인식의 뿌리에 패전 후 전쟁 책임을 면죄 받고 새로운 형태로 존속한 천황·천황제가 있다고 해도 결코 과언이 아니기 때문이다.

패전에도 불구하고 천황·천황제가 폐지되지 않고 온존할 수 있었던 배경에는 전쟁 종결 후 냉전체제가 심화되는 과정에서 미국의 점령정책이 중요한 요인으로 작용했다. 일본이 미국과의 전쟁에서 상상을 초월할 정도로 무모한 전쟁을 치렀던 배경에는 현인신(現人神) 천황에 대한 숭배와 맹목적인 충성을 강요하는 천황제 이데올로기가 있었다. 미국은 이러한 천황제 이데올로기가 가지는 효용성을 확인했기 때문에 점령통치에서 천황을 처벌하지 않고 이용하는 방향을 선택했다. 결국 천황제는 미국의 정치적 의도에 따라 상징 천황제라는 새로운 형태로 존속하게 되었고 쇼와 천황은 전쟁 책임을 추궁당하지 않고 평화주의자라는 새로운 신화를 창출하면서 일본의 전쟁 책임을 부정하는 역사 인식의 근원적 뿌리가 된 것이다.

일본의 진보적인 역사학자들은 대부분 이러한 사실을 결코 부정하지는 않지만, 이를 적극적으로 파헤치고 진실을 밝히려고 노력하는 연구자는 그다지 많지 않다. 그런 점에서 고게츠 아츠시 선생의 연구는 가히 선구적이라 할 수 있으며 일본의 역사인식 문제에 민감한 우리에게는 특히 귀중한 업적이며 시사를 주는 바가 결코 적지 않다고 할 수 있다.

고게츠 선생은 이미 『일본해군의 종전공작 아시아태평양 전쟁의 재검증』(중앙공론사, 1996), 『침략전쟁 역사사실과 역사

인식』(치쿠마서방, 1999), 『일본육군의 총력전 정책』(대학교육출판, 1999), 『근대 일본정군관계의 연구』(이와나미서점, 2005) 등과 같이 일본의 침략전쟁을 규명하는 굵직한 내용의 연구들을 다수 발표해 오고 있으며 이 책은 그 연장선상에서 패전 후 평화주의자로 미화되어 온 천황상의 허구를 밝히는 데 역점을 두고 있다.

이 책의 독창적인 특징은 단순하게 '성단'의 허구와 쇼와 천황의 전쟁 책임을 규명하는 데 있는 것이 아니라 일본의 패전 결정 과정 속에서 '성단'이라는 정치시스템이 가동되는 과정은 동시에 보수 지배의 권력을 패전 후에도 계속해서 유지하려는 정치적 판단에 의한 것이라고 주장하는 점이다. 즉 패전 전부터 이미 천황 측근의 궁중그룹과 중신그룹이 패전 후에도 여전히 보수권력 구조를 재생시키기 위해서 쇼와 천황의 개전 책임과 패전 책임을 부정하는 연사인식 만들기를 진행했으며 전후 일본의 부흥과정과 병행하여 새로운 '성단'이 유포되면서 국민의식 속에 침투되어 침략전쟁의 본질을 은폐하는 근원이 되었다고 주장하는 것이다. 이를 통해서 저자는 '성단'에 내포된 전후 구상이나 전쟁인식이 전후 일본사회에 얼마나 커다란 영향력을 미치고 있는가를 밝히고 이로 인하여 역사를 진지하게 바라보는 자세를 상실해 온 전후 일본인과 일본사회를 문제 삼고 있는 것이다. 이렇게 '성단'

의 진상을 밝히는 저자의 작업은 전후 일본의 역사인식을 재고하는데도 불가결한 일이 되는 것이다.

　이처럼 고게츠 선생의 귀중한 연구업적에도 불구하고 그것이 한국의 일본사 연구자들에게 널리 소개되지 않고 있다는 것은 안타까운 일이다. 그런 점에서 뒤늦게나마 이 책이 번역된 의의는 자못 크다고 하지 않을 수 없다. 아무쪼록 이 책이 일본사 연구자들뿐만 아니라 일본의 전쟁 책임, 일본의 역사인식에 관심을 가진 독자들에게 널리 읽혀지기를 기대한다.

숙명여자대학교 교수
박 진 우

들어가면서

성단이란 무엇인가

쇼와 시대가 끝난 지, 이미 20년 가까운 세월이 흘렀다. 쇼와 시대가 종언을 맞이할 때쯤에는 전후 일본의 보수정치체제를 받쳐온 미국과 소련을 양극으로 하는 동서냉전체제도 종언의 시기를 맞이했다.

그 때까지는 동서냉전체제라는 국제 질서에 의해 지탱되어 온 전후 일본의 보수체제 속에서 일정한 정치기능을 해온 상징 천황제 또한 두 개의 국내외의 체제에 의해 지탱되어 왔다고 할 수 있다.

아시아 태평양전쟁이 끝난 후, 미국은 천황제를 존치함으로써 사실상 미국에 의한 간접통치를 실행했다. 아시아에서 미국을 거점으로 하여 일본을 밀어주고 또 전전 권력의 온존을 인정함으로서 일본 보수체제의 재건과 유지를 도모한 것이다. 그 보수체제의 핵심적 역할이 전후 천황제에 부여됐다.

이처럼 미국의 계산에 의해, 패전 결정과정에서의 천황제 존속의 위기에 처해진 천황과 그 주변 인물들은 전후 일변하여 전면적으로 미국에 협력을 한다. 미국에 대해 쇼와 천황의 미일안보 체결 요청, 미국에 의한 오키나와 군정통치의 제안 등, 전후 쇼와 천황이 적극적으로 움직인 것은 미국의 아시아 전략 속에서 일본이 어떤 위치에 놓일 지 천황 자신이 잘 알고 있었기 때문이다.

이처럼 전후 보수체제와 냉전체제가 두 개의 내외질서에 용해됨으로써, 전후 천황제가 유지되어 온 것이다. 그런 환경 속에서, 전후 천황제가 안정되기 위해서는 천황과 쇼와 천황의 전쟁책임을 뒤로 돌릴 필요가 있었다.

그런 이유로 쇼와 천황이야 말로 전후 일본의 복구와 발전의 원동력으로 큰 역할을 담당하고 있다는 '스토리'를 만들어낼 필요가 있었다. 그래서 지난 전쟁이 쇼와 천황의 결단, 다시 말해 '성단'에 의해 종전이 단행됐다는 스토리의 정착이 필요불가결하게 된 것이다.

그리고 동서냉전체제의 종언 후, 흔들리기 시작한 일본의 보수체제가 새로운 보강책이 요구되는 속에서, 그 보수체제와 상호보완 관계에 있었던 천황제 또한 새로운 포장이 시도되고 있었다.

그럼 여기에서 말하는 '성단'이 대체 무엇인지 그에 대해
조금 적어 보려고 한다.

대일본제국 헌법(1889년 2월 11일 제정, 이하 메이지헌법)체제는
한마디로 다원적 연합체이다. 즉 군부, 의회, 관료 등의 여러
국가기강이 병립·병존하는 관계 속에서 구성되어, 전체를 통
괄하는 힘을 천황이 대권이라는 형태로 보유했다. 평상시 이
다원적 연합체에서 특별한 문제는 파생하지 않았지만, 여러
기강 사이에 대립이나 불신이 생길 경우에는, 천황의 힘으로
사태의 수습을 하게 되는 것이었다.

다른 표현을 한다면, 평상시의 천황은 기본적으로 헌법에
의한 입헌주의적 천황으로 행동하며, 비상시(긴급사태)에는 절
대주의적 천황으로서 행동했다.

성단에 의한 정치의 수습 또는 통괄에 대해서는, 헌법 작성
자인 이토 히로부미(伊藤博文)가 그 필연성을 처음부터 설명했
다. 즉, 이토는 이노우에 가오루에게 보낸 편지에서 '조서를 통
해 성단의 소재를 분명히 할 필요가 있다고 생각한다.'(노부오
세이자부로(信夫淸三郎), 『성단의 역사학』)고 말하고 있다.

그런 의미에서 '성단'은 처음부터 메이지 헌법체제에 들어있
는 하나의 정치시스템이었다. 성단은 전전 정치의 최종적 수단
으로 결정적인 강제력을 가지고 있었기 때문에 메이지 헌법조

차도 초월한 정치시스템으로서의 위력을 발휘한 것이다.

쇼와 천황은 즉위 후, 가능한 한 입헌주의적인 천황으로서의 행동을 원칙으로 했지만, 준전시체제에서 전시체제로, 또 미영일(美英日) 전쟁 개시 후에는 비상시라는 정치 환경 속의 정치시스템에 의해 일본정치를 통괄해 갔다.

국가의 본질이 가장 잘 나타나는 비상시에, 절대주의적 존재로서의 천황으로 행동한 것은, '성단'이라는 정치시스템이 절대적 정치시스템이었다는 것을 나타낸다고 볼 수 있다. 쇼와 천황도 2·26 사건이나 미일 개전 결정 및 패전 결정에서 정치시스템을 기동시켜 쿠데타를 수습하고, 전쟁을 발동함으로써 천황제 국가의 확장을 기도하여, 지난 대전 후에는 천황제 확보(국체보존)에 성공한 것이다.

패전 결정과정에서의 '성단'은 국체보존에 성공한 것뿐만 아니라, 천황제 국가의 내실조차도 전후로 가져가는 데 성공했다. 그 뿐만 아니라, 전후 정치에서의 성단은 철저히 '쇼와 천황의 영단'으로 유포되고, 최고책임자였던 쇼와 천황이 '나라를 구한 영웅'으로 그려지게 된다.

물론, 그 이미지 작전은 쇼와 천황의 전쟁 책임을 회피할 목적으로 전개되었지만, 그건 오늘날까지 증폭되어, 어느새 '평화주의자·쇼와 천황'이라는 평가를 받기에 이르렀다. 과연 그런가? 본서를 통해 쇼와 천황을 둘러싼 정치흐름을 몇 개의 증언기록을 통하여 밝히려는 것이 목표이다.

'성단'과 전후 '성단론'의 사이에서

　성단이라는 정치시스템은 구체적으로 어전회의 등 비입법적 기관에 의해 기동되는 경우가 많았지만, 본서는 도조히데키 내각 타도공작에서 시작하여 패전결정 과정 속에서, 이 정치시스템을 기동시키는 타이밍을 여러 정치그룹이 모색하기 시작한 시점부터 썼다. 도조 내각 타도공작의 최대 목적은 천황제 지배국가의 유지 = '국체보존'에 있었지만, 그건 동시에 주전파로부터 전쟁지도권을 빼앗아 전전의 보수지배권력을 전후로 넘기기 위해 설정된 정치판단이었다.

　그 성과를 전후 보수권력구조로 재생시키기 위해서도 쇼와천황의 개전 책임과 패전 책임이 없다는 역사인식 만들기가 급선무였다. 그 때문에 전후 일본의 부흥과정과 병행하여 새로운 '성단론'의 유포가 철저히 행해졌던 것이다. 이 '성단론'은 전후 보수권력체제가 정착하면서 국민들의 의식의 하나로 침투되어 갔다.

　거기에는 미디어를 동원한 여론조작 또는 여론형성에도 일정한 역할을 했다. 동시에 전전과 전후의 절단과 연속이라는 2가지 측면을 나누어 쓰면서, 일본인의 심리에는 패전의식으로부터 해방되고 싶은 마음 또한 강했던 것은 틀림없는 사실이다. 또 그건, 전후 천황제의 존속을 바라는 심정에서 전후 사회의 하나의 조류로 되어 갔다.

쇼와 천황의 지방 순행 때 보이는 각지에서의 열광적인 환영이나, 국민체육대회(국체)에서의 개회 선언자로서 또는 스모 관객으로서 국민들 앞에 적극적으로 나서는 행위 속에는 '성단론'을 보급시키려는 계산이 들어 있었던 것이다.

단지, 쇼와 천황 유럽 및 미국 방문 중에서, 특히 전자의 경우에는 쇼와 천황의 '히로히토'의 전쟁책임론의 계기가 되었지만 그건 거의 예외에 가까운 사태였다.

쇼와 천황의 행동은, 경우에 따라 예상외의 성과를 가져왔다. 그런 점에서 '성단론'은 위로부터 억지로 강요된 것이라기보다 많은 국민들이 원했던 '역사 이야기'였는지도 모른다.

이 '역사 이야기'가 일본 국민의 패전을 달래고, 부흥의 활력을 낳은 것도 사실이다. 그 반면에, 쇼와 천황의 전쟁책임문제나 일본 국민들의 전쟁 책임 미루기, 거기에다 그런 문제들을 직시할 기회마저도 빼앗았다고 할 수 있다.

천황의 성단에 의해 시작된 전쟁은 '정의의 전쟁' 혹은 '성단'이며, 패전은 그 숭고한 목적을 성취하지 못한 채 종식한 전쟁에 불과하다는 역사인식을 낳게 되었다. 패전을 '종전(終戰)'이라는 가치중립적 용어로 바꾸어 말하는 이유와 그 심리적 배경에는 그런 정신들이 담겨있다고 생각된다.

동서냉전구조가 종언된 지, 10년 정도가 지난 오늘날에도 세대교체가 진행되고 있으며, 변함없이 '성단론'에 대한 긍정감이 강하게 남아 있다. 아마 전후 일본 사회에서 파생한 정치 이념이나 사상을 쟁점으로 하는 논쟁 속에서 꼬집어 말하면, '신(新) 천황주의'라고도 할 수 있는 천황지지론은 어느 정도 일정한 여론을 형성하고 있다.

모두 다 그렇다고는 할 수 없지만, 거의 대부분이 '성단론'에 의해 형성된 천황제 인식이 큰 영향력과 규정력을 가지고 있는 것은 틀림없는 사실이다. 그래서 쇼와 천황의 '성단'의 진상을 요구하는 작업은 전후 쇼와사와 전후 일본인의 역사인식을 재고하는 데 있어 불가결한 작업으로 생각된다.

즉, 전전기의 정치시스템으로 기동되고, 일본을 침략전쟁으로 유도한 '성단', 또는 패전을 '종전'으로 바꾸어 읽음으로써, 침략전쟁의 본질을 은폐하는 역할을 짊어진 '성단론' 그리고 전후 쇼와 천황을 평화주의 또는 평화 재건의 주인공으로 만들기 위해 도입된 '성단론'을 성단이라는 하나의 용어로 묶어버린다면, 그 안에 잠재하는 과제가 보이기 어려울 지도 모른다. 본서에서는 이를 염두에 두고 의식적으로 '성단'이라는 용어를 사용하려 한다.

연면히 이어지고 있는 '성단론'의 속박으로부터 해방되어 새로운 전후사로 눈길을 돌리기 위해서도 '성단'의 원래모습이 '허구'였다는 것과, 또 성단에 이르는 정치과정을 정리하여 명확히 하려고 한다. 따라서 본서에서는 '성단'도 영단도 아닌 국체보존을 위해 반복된 쇼와 천황의 무결단력이 명확해질 것이다.

필자가 '성단'의 허구성을 지적하려는 것은 쇼와 천황 개인의 판단의 시비를 묻는 것만은 아니다. 그것보다도 '성단'에 내포된 전후의 구상이나 전쟁인식이 전후 일본 사회에 아주 큰 영향력을 주고 있으며, 역사를 진지하게 바라보는 자세를 상실해 온 전후 일본인과 일본 사회를 문제로 삼고 싶었기 때문이다.

본서는 도조히데키 내각 말기부터 개시된 소위 도조 내각 타도공작의 정치과정에서부터 쓰기 시작했다. 그 타도공작이 성공하는 과정과 동시에, 일본의 패전을 현실로 받아들여 쇼와 천황과 그 주변에 전쟁 책임이 가지 않도록 하기 위해, 포츠담선언 수락을 둘러싸고 궁중·중신그룹과 연합국 측 사이에는 필사적인 밀고 당기기가 있었다. 거기에서 나온 것이 절대주의적 천황제라는 고유의 정치시스템이었다.

그로 인해, 천황 및 그 주변은 최종적으로 전후 복권의 기회 잡기에 성공한다. '성단'은 전쟁 책임의 소재를 애매하게 하고, 동시에 전전 권력의 온존과 복권을 준비하는 결정타가 된 것이다. 본서는 그 역사사실을 쇼와 천황과 그 주변인들의 언동을 쫓으면서 명확히 하려는 하나의 시도이다.

반복하지만 본서의 목적은 반드시 쇼와 천황의 전쟁 책임을 추궁하는 것만은 아니다. 그 보다도 여기에 채용된 '성단'이라는 정치판단이 전전과 전후를 이어주는 역할을 했으며, 이는 동시에 전후 천황제의 성격에 큰 요인이 되었다는 점을 논하려는 것이다.

그래서 아시아 태평양전쟁이 말하자면, '천황의 전쟁'으로 개시된 점과 천황 및 그 주변에 의해 실은 처음부터 마지막까지 어떤 의미에서는 '통제된 전쟁'이었던 것에 염두에 두고 있다.

전쟁이라는 행위가 우연의 연속에서 생겼다는 전쟁인식이 전후 강하게 주장돼 왔다. 그러나 필자는 그렇게 생각하지 않는다. 이 전쟁은 명확한 전략을 밟아 실행된 것은 아니지만, 천황의 의사와 명령에 의해 전쟁이 시작되었고, 천황의 의사와 명령에 의해 '종전'(패전)을 맞이했다고 할 수 있다.

단지, 그 대상인 천황의 전쟁결정 과정이 전쟁말기에 가서도 동요와 혼란이 극에 달했다. 천황자신의 계전의사와 그에 반대하는 계전의 단념에 의한 종전(사실상의 패전용인) 결정의사가 교차하는 상태에 빠진 것이다. 그건 천황의 결단을 가장 필요로 할 때였다.

이러한 천황의 무결단력이 전쟁의 희생자를 더 낳는 결과를 초래했다. 거기에서 왜 천황이 결단을 내리지 않았는지를 묻는 것은, 동시에 전전의 천황제 국가의 성격을 묻는 것이 된다.

바꾸어 말하면, 성단이 지연된 이유를 물음으로써 아시아 태평양전쟁을 짊어진 천황과 군부를 포함한 전전 권력의 본질이 뚜렷해지지 않을까. 본서는 그런 마음에서 써 왔으며, 이를 통해 지난 전쟁이 대체 무엇이었는지, 또 무엇을 교훈으로 얻었는지를 되물어보려고 한다.

중요 등장인물

쇼와 천황 (昭和 天皇, 1901~1989)

이름은 히로히토(裕仁). 1926년 12월 25일, 제 124대 천황으로 즉위. 1921년 황태자 시절에 유럽을 방문하여 친영미적 입장을 형성함. 천황으로 즉위한 후에는 쉴 새 없이 친영미적인 자세와 자립노선 사이에서 흔들리지만 마지막에는 미영일 개전을 단행. 전전의 최고전쟁 지도자로서의 '군인천황'에서 전후 일본의 복흥을 정신적으로 받쳐주는 '평화천황'으로 변신한다. 자신의 전쟁책임을 봉인한 채로 사망.

도조 히데키 (東條 英機, 1884~1948)

1919년부터 1921년에 걸쳐 독일주재무관 시대에 총력전체제의 구축의 필요성을 통감, 귀국 후 육군개혁파의 중심적 존재가 된다. 친영미 노선에 대항하여 자립한 제국주의 국가 일본을 지향한다. 그를 위해 중국을 제압하는 침략전쟁의 발판을 만든다. 1941년 10월에 수상으로 취임하여 대영미전쟁을 일으키는 장본인이 된다. 1948년 12월 23일, 현 천황의 생일날에 전범으로 처형된다.

사이온지 긴모치 (西園寺 公望, 1894~1940)

공가(귀족) 출신 정치가. 제 2대 세이유카이(政友會) 총재. 쇼와전기 최후의 원로로서 천황에 의한 수상 지명에 중요한 역할을 한다. 일관해서 친영미파의 입장을 견지하고 육군의 정치개입에도 비판적이었다. 쇼와 천황도 사이온지가 살아 있었을 때는 친영미파의 노선을 중시했지만, 그가 사망한 후에는 육군의 행동을 사실상 용인하게 되는데 그 배경에는 사이온지의 부재라는 문제가 있었다.

기도 고이치 (木戸 幸一, 1889~1977)

메이지 국가건설의 중심 역의 한 사람인 기도 다카요시(木戸孝允)의 손자. 1930년에 궁내관에 취임. 사이온지 긴모치에게 가장 신뢰받은 정치가. 1940년 6월, 내대신(=국무총리)에 취임하여 쇼와 천황의 제일의 측근이 된다. 중신회의나 후계수상의 선출에 대해 중요한 역할을 함. 특히 고노에 후미마로가 미일교섭이 잘 되지 않아 총사직하자 기도는 대미 개전파의 도조 히데키를 추천하고 결국 미영일전에 돌입한다. 동경재판에서 A급 전범으로 지명되어 복역. 쇼와 천황의 전쟁책임을 인정하고 천황과 면담하여 즉위의 퇴임을 진언했다.

고노에 후미마로 (近衛 文麿, 1891~1945)

일본의 귀족으로 최고의 명문가(후지와라) 출신의 정치가. 1931년 만주사변이 일어나자 대 중국 강경노선을 지지함. 군부와 연계하여 자립한 제국주의국가 일본의 건설을 설하고 후견인 역으로 친미영파의 필두였던 사이온지 긴모치와 대립. 1937년 6월 수상에 취임하지만 1개월 후에 루거우차오(盧溝橋) 사건이 일어나 중일 양군의 충돌은 전면전쟁으로 발전. 고노에는 결국 국민정부를 정당한 중국정부로서

인정하지 않는다는 성명을 발표하고 중국과의 전쟁의 수렁에 빠진다. 전후 전범용의를 받지만 복약 자살한다.

오카다 게이스케 (岡田 敬介, 1868~1952)
해군 군인, 정치가. 1927년에 다나카 키이치 내각의 해군대신으로 취임. 1934년 친영미파의 사이온지 긴모치에게 그 정치자세를 평가받아 수상으로 취임. 온건파로서 육군의 움직임을 누르는 역할이 기대되었지만 실제로는 육군의 압력에 눌린다. 일본육군 창설 이후 최대의 반란사건인 2·26사건(1936년)의 암살대상이 되지만 난을 피했다. 1943년 이후 도조 히데키 내각의 타도공작의 중심적 인물이 된다.

히라누마 기이치로 (平沼 騏一郞, 1867~1952)
사법관료, 정치가. 1912년 검사총장으로 해군오직사건인 시멘즈사건의 총지휘를 했다. 1923년 야마모토 내각의 법무대신에 취임. 이듬해 1924년에는 일본주의를 바탕으로 한 국민교화를 목적으로 국본사(國本社)를 결성. 1939년 수상에 취임하여 국민정신총동원운동을 추진. 같은 해 8월 독소(독일, 소련)불가침조약의 결성을 '복잡기괴'하다고 비판하여 총사직한다. 일관해서 우익적 언동을 주장하고 포츠담선언에도 마지막까지 반대했다.

요나이 미츠마사 (米內 光政, 1880~1948)

해군군인, 정치가. 2·26사건 때, 군함을 동경완에 넣어, 육군의 반란군을 위협하여 해군의 평가를 높임. 동년 하야시 내각의 해군대신으로 취임. 일중전면전쟁 때에는 불확산 방침을 주장. 1940년 1월, 수상취임. 종전공작에 활약하고, 쇼와 천황의 성단에 의한 항복의 길을 연 중심인물의 한 사람.

히로타 고키(廣田 弘毅, 1878~1948)
외교관, 정치가. 청년시대부터 일본의 우익조직인 현양사(玄洋社)와 접촉하여 영향을 받았음. 1905년 외무성에 입성. 1933년 사이토 내각의 외무대신에 취임. 군부와 연계하여 대 중국강경책을 실행. 1936년 수상취임. 1937년 고노에 내각의 외무대신에 취임. 동경 재판에서는 난징사건의 외교책임을 추궁받고 문관으로서 유일하게 교수형에 처해졌음.

와카츠키 레이지로(若槻 禮次郎, 1866~1949)
정치가. 대장성 출신. 1912년 제 3차 가츠라 타로 내각 및 1914년 제 2차 오쿠마 내각의 대장대신으로 취임. 1926년 헌정회 총재로 취임하고, 동년 수상에 취임. 1931년 제 2차 내각을 조직. 일본의 패전결정과정에서 스즈키 칸타로 수상에게 휴전을 진언. 동경재판에서 증인으로 출정.

아베 노부유키(阿部 信行, 1875~1953)
육군군인, 정치가. 제 4사단장. 대만군령장관을 역임. 1939년 수상에 취임. 취임 후에는 중국특파전권 대사가 되어 일중기준조약을 체결. 1942년 대정익찬회 총재, 1944년에는 최후의 조선총독에 취임. 전후에 A급전범에 지정되지만 피고에서 제외되었음.

유아사 구라헤이 (湯淺 倉平, 1874~1940)

내무관료, 정치가. 1898년에 내무성에 입성. 1923에 경시총감에 취임. 이후, 1925년에 조선총독부의 정무총감, 귀족원의원 등을 역임. 1933년 궁내대신에 취임. 사이온지 긴모치 등과 밀접한 연계를 취하여 친영미파의 중심적인 존재가 되어 쇼와 천황의 두터운 신뢰를 얻게 됨.

스기야마 하지메 (杉山 元, 1880~1945)

육군군인. 참모장 시대에 일본육군에 의한 반란사건인 2·26사건(1936년)이 일어남. 반란군토벌 측으로 사태수습을 하게 됨. 교육총감, 육군대신 등을 역임. 일중전면전쟁에서는 전쟁확대를 주장. 1940년 참모총장에 취임하여 대미영 개전의 입안과 실행의 중심적 역할을 수행했다. 1943년에 천황의 최고군사고문인 원수에 취임. 패전 후 권총 자살함.

우가키 가즈시게 (宇垣 一成, 1868~1956)

1925년에 육군 4개사단의 폐지를 단행하여 주목받았다. 민정당에 접근하여 하마구치(浜口雄幸)내각의 육상에 취임. 민정당에 들어가 천황으로부터 수상지명을 받지만 육군의 반대로 실현되지 않았다. 전후 우가키는 육군의 횡폭에 저항한 육군군인으로 국민적인 인기를 얻어 1953년 국회의원(참의원)에 당선되었다.

데라우치 히사이치 (寺内 寿一, 1879~1946)

2·26사건 후, 육군대신에 취임하여 육군내의 황도파를 일망타진하는 인사를 강행하고 나아가 정당 배제론을 반복했다. 중일 전면전쟁

개시 후, 중국방면군사령관, 1941년에는 남방방면군사령관에 취임. 1943년에 원수. 도조 히데키 내각의 총사직 후 한때 후계 수상후보가 되었지만 실현되지 않았다.

이시하라 간지 (石原 莞爾, 1889~1949)

1931년 9월 18일에 일어난 만주사변의 수모자. 당시, 관동군의 고급 장교였다. 그 후, '만주국'의 건설에 중심적인 역할을 한다. 1937년 7월 7일부터 시작된 중일전면 전쟁 시에는 참모본부작전 부장의 직책에 있으면서 전쟁 불확대를 제창했지만 실현되지 않았다. 그후 도조 히데키와 충돌하여 중앙요직에서 추방된다. 전후 동경재판에서는 검사 측의 증인으로 출정한다.

히가시쿠니노미야 나루히코 (東久邇宮 稔彦, 1887~1990)

전전의 황족·군인. 전후 최초의 수상에 취임. 항복문서의 조인, 육해군의 해체, 관료기강의 유지 등을 위해 움직인다. 천황의 전쟁책임을 회피시키기 위해 전쟁책임은 국민전체가 짊어져야 한다고 주장하고, 일억총참회(전국민이 참회)를 주장했다. 점령군의 민주화지령에 대응하지 못해 수상취임은 2개월이라는 단기내각이었다.

우메즈 요시지로 (梅津 美治郎, 1882~1949)

전후 최후의 참모총장. 동경재판에서 A급전범에 지명되어 종신금고형의 판결을 받는다. 2·26사건 이후, 스기야마(杉山元) 교육총감 등과 함께 육군중추를 장악하고 패전까지 일관적으로 육군의 전쟁지도를 담당한다. 패전의 해에 쇼와 천황에게 전쟁종결을 설한 고노에 후미마로와는 반대로 전쟁지속을 진언한다. 본토결전을 주장하는 아나미 육상을 지지하지만 최후에는 '성단'에 따른다.

고이소 구니아키 (小磯 国昭, 1880~1950)
육군군인으로 정치가. 1944년 7월 태평양전쟁의 악화에 따라 도조 히데키 내각총사직을 받고 수상에 취임. 최고전쟁지도회의의 설치와 대본영출석 등에 의해 수상의 전쟁지도권의 확대를 노렸지만 성공하지 못하고 대 중국화평공작에 실패하여 1945년 4월, 미군의 오키나와 본토상륙을 허락한 것을 계기로 총사직했다. 동경재판에서 A급전범으로 지명되었다.

다카마츠노미야 노부히토 (高松宮 宣仁, 1905~1987)
쇼와 천황의 남동생. 다이쇼(大正) 천황의 3남. 해군병학교, 해군대학교 졸업. 8세 때 다카마츠미야를 창설. 전쟁중에는 대본영 해군참모 등에 임했다. 일관적으로 냉정한 입장에서 전황을 분석. 고노에 후미마로 등의 화평공작을 측면에서 지원, 쇼와 천황에게도 가끔 고언을 하기도 했다. 현재, 『다카마츠노미야 일기』(전 6간, 중앙공론신사)가 출판되어 있다.

후시노미야 히로야스 (伏見宮 博恭, 1875~1946)
해군원수. 후시노미야 사다하루(伏見宮貞愛) 왕의 첫째 왕자. 독일에 6년간 유학. 1907년부터 영국에 주재무관으로 실무를 쌓아 외국통의 황족사관으로 이름을 날렸다. 1922년에 대장으로 승진. 1933년에서 41년 4월까지 군령부총장의 지위에 있으며 쇼와 천황의 보좌역으로부터 두터운 신뢰를 받았다.

요시다 시게루 (吉田 茂, 1878～1967)

전전에는 외교관으로서 천진(天津)총영사. 봉천(奉天)총영사 등을 역임. 다나카 기이치 내각의 외무차관으로 다나카의 적극적 외교의 오른팔 역할을 했다. 그 후 친영미파로 입장을 바꾸어 군부독재에 저항하여 종전공작에 적극적으로 관여했다. 전후 처음으로 외무대신에 취임하여 1946년 5월에 수상이 된다. 1954년 12월까지 장기정권을 맡아 전후 일본정치의 기본노선을 만들었다.

마자키 진자부로 (真崎 甚三郎, 1876～1956)

육군군인. 1930년대에 들어와 대만군사령관, 참모총장, 교육총감 등의 요직을 역임. 특히 참모총장시절부터 육군내부에서 육군주류파＝황도파를 형성하여 중심적인 위치에 있었다. 1936년 2·26사건에서 결기한 청년장교로부터 차기 주도권자로 보여지고 본인도 총리대신으로 임명되기를 기대했지만 실현되지 않았다. 반대로 반란방조의 용의로 군법회의에 처해진다.

다카기 소키치 (高木 惣吉, 1893～1979)

해군군인. 프랑스주재무관, 해군대학교 교관 등을 역임. 1939년에 해군성조사과장 시절에 동경대학을 비롯하여 각 대학으로부터 연구자를 모아 정치경제 등 전반에 걸쳐 조사활동에 종사. 종전공작파의 한 사람이었던 요나이미츠마사의 명을 받아, 무대 뒤에서 종전공작을 한다. 전후 일시적으로 내각에 적을 두었지만 저술활동을 하면서 많은 저서를 남겼다.

목차

제1장

비밀리에 시작된 종전공작   029

제2장
천황의 계전의사와 '종전'공작 083

제3장
성단의 결정경위와 그 진상

제4장

이어지는 '성단신화'

제 1 장
비밀리에 시작된 종전공작

　　1941년 12월 8일 일본은 미국과 영국과의 전쟁을 개시한다. 전쟁개시 직후, 전쟁준비를 추진해 온 일본군은 연전연승을 했다. 그러나 일본군의 기세는 개전 이듬해 6월의 미드웨이 해전의 패배를 계기로 좌절된다. 전쟁 악화로 인해 개전지도를 강행해 온 도조히데키 내각에 대한 불만과 반발이 되어 정치문제화 된다. 쇼와 천황은 도조히데키를 옹호하고 그 때문에 비밀리에 진행되어 온 도조히데키 타도공작도 진전되지 않는다. 그러나 도조에 대한 불만과 반발을 공유하는 고노에후미마로, 오카다케이스케 등은 도조 내각의 타도공작을 '종전'공작으로 보기 시작했다. 즉 도조 내각을 타도하고 또 그 흐름을 타고 전황의 악화로 인해 패전을 연장하면서 육군주전파로부터 전쟁지도의 권한을 빼앗으려고 한 것이다. 제 1장에서는 쇼와 천황 주변에 존재하는 전쟁지속파와 전쟁종결파의 대립과 타협의 실체가 뚜렷해진다. 거기에는 전쟁으로 인해 심대한 희생을 강요당해 온 국내외 사람들의 고통이 전혀 무시되었다는 것을 알 수 있다.

제1장
비밀리에 시작된 종전공작

1. 도조 내각을 퇴진에 몰아넣다

움직이기 시작한 중신들

1941(쇼와 16)년 12월 8일, 미일 개전 이후, 파죽지세에 있었던 일본군은 1942(쇼와17)년 8월 7일, 과달카날 섬으로의 미군 상륙을 계기로 처음으로 수비에 들어가게 된다. 이 섬의 쟁탈을 둘러싸고 미일 양군은 사투를 했으며, 병력의 추가투입에 실패한 일본군은 결국 마지막에 철퇴를 결정한다(철퇴완료는 이듬해 2월).

과달카날 섬의 공방전에서 일본군은 다수의 유송용 선박을 잃었기 때문에 해상수송 능력을 현저히 저하시켰다. 그 뿐만 아니라, 이 싸움을 통해서 일본의 전쟁지도는 분열과 혼란을 심화시키고, 그 때까지의 모순을 한꺼번에 노출시키게 된다.

과달카날 섬에서의 작전이 발동되기 전에, 해군이 미군의 공세를 저지하기 위해 하와이 및 오스트레일리아로의 공략작전을 육군이 대 소련전을 노려서 관동군의 병력증강과 중국내륙부로의 공세작전을 제각기 기도했다. 육해군의 작전통합을 아주 필요로 할 때, 육해군은 우위를 주장할 뿐, 서로 양보하려 하지 않아 그 조정 작업은 결코 순조롭지 않았다.

과달카날 섬의 점령계획은 육해군의 조정이 충분히 이루어지지 않은 채, 실행에 옮겨진 FS작전(미국과 호주 차단작전)의 일환으로 강행된 것이었다. 그래서 육해군의 협동작전은 애초부터 원활히 진행되지 않았고, 또 미군의 반항세력으로 과달카날 섬으로의 진격속도를 과소평가한 것도 가세하여 뼈저린 패배를 초래하게 되었다.

이처럼 개전 이래, 공세를 계속해 온 일본군의 작전은 과달카날 섬에서의 철퇴를 경계로 전략적 수비기에 들어간다. 그런데다 미국과 일본의 전력차이는 미군의 항공병력 증강과 이어지는 항공모함의 건조 등에 의해 1943년에 급속히 확대한 결과, 전쟁의 주도권은 완전히 미군의 손에 넘어가게 된다.

그래서 1943(쇼와 18)년 9월 30일, 어전회의에서 결정된 '앞으로 취해야 할 전쟁지도의 대요강'에서는 치시마(千島)·오가사와라(小笠原)·우치난요(內南洋)·서부 뉴기니아·슨다·버어마를 연결하는 선의 안쪽을 '절대 확보해야 할 중요한 지역'이라며, 이를 '절대 방위권'으로 칭하고 종래의 전선을 축소하기로 결정되었다.

그러나 이 방침으로도 육해군의 완전한 합의하에 결정되었다고 하기는 어려웠다. 사실, '절대 국방권'의 사수를 이유로,

중국전선보다 남방전선으로의 병력추출이 빈번히 행해졌지만, 육군은 중국 점령지역의 확보와 확대에 주안을 두었기 때문에, 그 목적조차 충분히 달성하지 못했다. 본래 육군에게는 바다를 지킨다는 작전구상이 없었으며, 전용된 병력도 장비도 충분한 부대가 아니었기 때문이다.

미드웨이 해전에서의 패배, 과달카날 섬 탈환작전의 실패, 앗트 섬 수비대의 '옥쇄'(전원이 죽음을 각오하고 싸움에 임함)로 이어지는 전황의 악화 속에서, 도조 내각은 동요하기 시작한 전쟁지도 기강의 강화에 나선다. 도조 내각의 기반은, 천황의 깊은 신뢰와 개전 이래의 승리를 배경으로 하고 있었기에, 전황의 악화는 도조 내각의 약화를 초래하는 원인으로 추측되었다.

한편, 전황의 악화와 도조의 독주에 불안을 품기 시작한 수상 경험자 중신들은, 서로의 연계를 강화하여 도조와의 접촉을 취하면서 정국운영의 개입을 시도하려 했다.

누구를 중신회의의 참석자로 하는가

이 경우, 중신들의 이름을 나열하는 인물은 어떤 경위로 선정된 것일까? 소위, 중신으로 불리던 인물이 중신회의를 설치하여 일정한 정치판단을 제시해 간 것은 도조 히데키 내각 후기에 들어선 다음이다.

그런데 처음에 누구를 중신으로 할지는 최후의 원로로 불려진 사이온지 긴모치(西園寺公望)의 의향이 강하게 작용하고 있었다. 그러나 사이온지의 서거(1940년) 후, 어떤 인물을 중신으로 할지에 대해서는 여러 의견이 있었으며, 선정 작업이 반드시 순조롭게 진행된 것은 아니었다.

생전의 사이온지는 유아사 구라헤이(湯淺倉平) 내대신(=정부와 궁중 사이를 잇는 역할), 기도 고

내대신 기도 고이치

이치(木戸幸一) 내대신 비서관장 (후에 내대신), 거기에다 고노에 후미마로(近衛文麿), 오카다 게이스케(岡田敬介) 등을 중심으로 사실상 사이온지가 보유하고 있던 후계 수반지명권을 내대신과 중신의 협의의 결과로 발휘하는데 성공했다. 그것이 뜻하는 것은, 중신회의가 내대신과 더불어 원로 사이온지가 정국을 주도해 가기 위해 불가결한 정치적 장치였던 것이다.

다시 말해, 사이온지의 유산을 받는 형태로 고노에 후미마

로, 오카다 게이스케, 히라누마 기이치로를 중심으로 하고, 그
외에 요나이 미츠마사(米內光政), 와카츠키 레이지로(若槻禮次
郞), 아베 노부유키(阿部信行), 히로타 고키(廣田弘毅) 등의 참가
허가를 받아내고, 중신들은 도조에게 압력을 가해 독주를 제
지하고 빠른 시기에 퇴진으로 몰아 거국일치에 의한 정치태
세를 만든다는 막연한 구상을 품게 된다.

그러나 중신들 사이에는 도조를 퇴진에 몰아넣기 위해, 확
고한 시나리오가 준비돼 있었던 것은 아니다. 그 해로부터 이
듬해 2월까지 합계 5회에 걸쳐 도조와 중신들과의 모임의 기
회가 있었지만, 중신들은 도조의 접근을 기대할 뿐으로, 실제
로는 중신들의 의견차이가 눈에 뜨이는 모임이었다.

반대로 정국 운영에 자신을 잃고 있었던 도조는 이 기회에
중신들의 지지를 얻어 정국의 안정을 도모하려고 계산하고
있었다. 그래서 1943(쇼와 18)년 8월 30일, 도쿄 구단(九段)의
화족(귀족) 회관에서 열린 제1회 회합에는, 정부측에서 도조
수상을 비롯해 기획원 총재 스즈키 사다이치(鈴木貞一), 해군
대신 시마다 시게타로(嶋田繁太朗), 대장대신 가야 오키노리(賀
屋興宣), 외무대신 시게미츠 마모루(重光葵) 등이 출석했다.

이 모임에서는 실제 정국을 도조로부터 직접 듣는 것에 주
안점이 놓여지고, 도조에게 반성을 요구하여 퇴진을 시키려
는 중신들의 의도는 완수되지 못했다. 그런 기도가 실현되기

시작한 것은 1944(쇼와 19)년 6월 21일의 수상관저에서의 중신
회의에서였다.

오히려 중신들은 이 회합 이외의 장소에서 반 도조의 언동
을 입에 올리고, 또 그 분위기의 조성을 꾀했다. 그건 도조의
지령을 받은 헌병의 엄한 감시 속에서 도조의 조기퇴진 공작
을 공공연하게 밀어붙이는 것이 어려웠기 때문이었다.

그 결과, 도조 내각 타도공작은 공공연한 정치운동으로 이
어지지 않고, 감시망의 눈을 피해 당분간 물밑에서 진행시킬
수밖에 없는 상황에 놓여지게 된다.

기도(木戸) 설득에 응하지 않고

반 도조의 기운은 정계 상층부에 멈추지 않고, 개전 당초, 도
조 내각을 지지하고 있던 일본 생산당(아오타(靑田益三)), 건국회
(아카오(赤尾敏)), 국수대중당(사사카와(笹川良一)), 대일본적성회(하
시모토(橋本欣五郎)) 등의 우익단체들에게 퍼져갔다. 정치력의 결
집을 걸고 익찬(翼贊) 정치체제협의회(회장 아베 노부유키 육군대장.
전 수상)가 결성되자, 이들 우익 단체들은 차례로 해산에 몰리게
되고, 이를 기회로 일제히 반 도조의 자세를 취하게 된다.

그 중에서도 동방회(東方會) 회장으로 중의원 의원이었던
나카노 세이고(中野正剛)는 「아사히 신문(朝一新聞)」에 '개전 재

상론'(1943년 1월 1일부)을 발표하고 국민심리와 동떨어진 '독재정치'를 강행하는 도조의 정치를 철저히 비판했다. 그 문장의 일부는 다음과 같다.

비상시, 재상은 절대적인 강인함이 요구된다. 그렇지만 개인의 강인함은 한계가 있다. 재상으로서 진정코 강인해지려면 국민의 애국적 정열과 동화하여, 때로는 이를 응원하고, 때로는 이에 격려 받을 필요가 있다. 대일본 제국은 위로 세상에서 비교할 수 없는 황실을 받들고 있다. 미안하지만 비상시에 재상은 영웅이 아니더라도 시대를 뛰어 넘어 반드시 그 임무를 다할 수 있다. 또는 일본의 비상시에 혹시 재상이 영웅의 본질을 가지고 있다고 하더라도 영웅으로 이름을 팔아서는 안 된다.

나카노는 도조의 독재자적 태도를 강렬히 비판하지만, 그 바탕에는 천황의 절대성을 전제로 한 것은 명확했다. 천황 앞에서는 영웅뿐만 아니라, 독재자도 불필요하며 그것만이 일본의 국체라고 했다. 그런데도 불구하고, 도조가 어디까지나 영웅으로서 행동하는 것은 천황에게 반기를 드는 것이 된다고 했다.

나카노에 대표되는 도조 독재론은, 이 시기에 수면 하에서 꽤 끓어오르고 있었던 듯하다. 현실에서는 근황 마코토 무스

비 회(역자 주: 천황숭배를 성심성의로 연결하는 회로 볼 수 있음) 아마노(天野辰夫)도 기관지 『유신공론』(維新公論)에서 도조에 대해 심한 비판을 전개했다. 그러나 그들은 도조의 탄압을 받고 언론이 봉쇄당했다. 나카노는 1943년 10월, 헌병대에 체포 구금되고 최후에는 자택에서 자결을 강요당하게 된다. 그에 대한 진상은 지금도 명확하지 않다.

이에 따라, 이들 우익단체들의 반 도조적인 자세는 운동으로 조직화되기 전에 분단되어 도조정치를 전환시키는 힘이 되지 못했다. 더구나 심한 탄압 하에 놓인 좌익이나 민중 속에 잠재한 도조에 대한 불만이 하나의 정치적 에너지로서 분출할 가능성도 거의 없었다.

반 도조운동이 분산되는 가운데, 도조 내각을 몰아넣은 것은 황족이나 중신들에 의한, 말하자면 비밀리의 움직임이었다. 특히, 중신들은 강력한 전쟁지도 내각으로 천황의 신임이 두터웠던 도조에 대해 비판의 소리를 높여 갔다.

그렇게 하여 중신들은 기도와 함께 마지막까지 도조 지지의 자세를 바꾸지 않았던 천황을 적극적으로 움직여, 그 후에 도조 내각 타도를 실현한다. 그리고 도조 내각 타도공작의 진전을 통하여 결집한 사람들에 의해, '종전' 공작이라는 새로운 정치계획을 기도한다.

그런데 중신 주변의 인물로서, 반 도조의 자세를 명언한 인물에는 야나가와 헤이스케(柳川平助, 전 다이쇼 익찬회 부총재) 육군 중위가 있다. 그들은 도조 내각 타도공작의 방법으로, 제국의회나 기밀고문관회의에서 도조비판의 논진을 펴는 한편, 중신들이 다카마츠노미야(高松宮 宣仁, 해군대좌)나 후시노미아(伏見宮 博恭 · 전 군령부 총장) 등의 황족을 통해서, 도조 퇴진의 필요성을 상소하는 방법 등을 제안했다.

그 중에서, 중신들에 의해 천황에게 상소하는 방법은 그 후에 중신회의가 개최되면서 구체화된다. 그러나 이 제안도 중신들이 결속하지 않았기 때문에, 실현되기까지 한 동안 시간이 걸리게 된다.

중신들 중에서 도조 내각 타도공작에 가장 활발히 움직인 것은 오카다 게이스케 해군대장(2 · 26사건 당시의 수상)이다. 고노에 등의 계획과는 달리, 오카다는 도조 내각을 퇴진에 몰아넣는 유일한 방법은, 천황의 신뢰가 두터운 중신들이 반 도조의 의사를 일치시켜, 그 의사를 상소하여 천황의 판단을 기다리는 것이라고 생각했다.

1943년 6월 4일, 오카다는 그 계획의 첫걸음으로, 해군 내에서 평판이 좋지 않았던 시마다(嶋田) 해상의 경질(更迭)을 짜고, 시마다에 영향력이 있는 후시노미야(伏見宮)에게 시마다 경질을 권고한다. 그리고 시마다 해상을 경질에 몰아, 도조 내각에 공기통을 뚫고, 이를 도조 내각 총사퇴의 돌파구로 하

려고 한 것이다

　그 후, 오카다는 기도에게도 시마다 경질을 권고하고(6월 6일), 그 결과 기도는 도조의 비서관·아카마츠 사다오(赤松貞夫)를 통해서 시마다 경질을 요구했다(동년 8월). 결국 오카다는 직접 시마다와 회담해서 사직을 요구한다. 그러나 이 시기의 오카다의 제언은 모두 받아들여지지 않는다.

　10월 29일, 오카다는 화족회관에서 고노에와 회담을 나누고, 그 석상에서 도조 내각을 포기하는 점에 대해 견해가 일치했지만, 이 시점에서는 양자 모두 도조 내각의 타도방법에 대해 구체적인 안을 준비하지 않았다.

　그 오카다는 "도조 내각이 하는 방법은 말이 안 된다는 것은 똑같지만, 단지 이 내각이 안 된다고 해서 적극적으로 이를 부수는 방법은 없다. 이에 대해 고노에 씨도 안이 없다."라고 회담의 감상을 말하고 있다.

　또 오카다는 고노에에 대해 다음과 같이 신랄하게 평가했다. 즉 "교활하기는 고노에 씨가 가장 교활하다. 해군을 책임자로 하는 것은 무리다. 중신 간담회에서도 내가 해군을 어떻게든 해서 해군에게 내각을 부수게 하려는 생각이 있는지 모르겠지만 그건 안 된다."(1943년 10월 29일 오카다 대장 시국담 그 외, 다카기 소키치『高木惣吉 일기와 정보』하권)라고 했다. 반 도조 운동의 동료로 지목된 고노에에 대해 강한 불신감을 갖게 되는 결과를 초래했다.

이 오카다 발언을 뒷받침하는 것처럼, 당시 고노에를 중심으로 하는 그룹에는 도조를 정점으로 한 육군의 강경파에 대항하기 위해, 항공기의 배분문제나 작전계획을 진행하는데, 강한 대립을 계속하던 해군을 전면에 내세우려는 계획이 있었다.

그건 요시다 시게루(吉田茂 전후 수상), 우에다 슌키치(殖田俊吉 다나카 키이치 내각시절의 비서관, 전후 법무국 총재) 등 고노에의 브레인이 역시 고노에 주변에 위치하는 고바야시 세이조(小林躋造) 해군대장을 업고, 여기에다 도조가 대표인 육군통제파와의 대립관계로 인해 열세였던 육군황도파의 마자키 진자부로(真崎甚三郎) 대장이나 오바타 도시로(小畑敏四郎) 중장을 육군대신으로 발탁하여 한꺼번에 정국의 주도권을 잡으려고 하는 것이었다.

이 신내각 구상에 관여하고 또 고노에 브레인의 한사람이었던 사카이 고지(坂井鎬次) 육군 중위(개전 당초 참모본부 고문)처럼 그 다음 해에 들어가서 "패전은 필시이며 전투는 쓸 때 없다. 도조는 안 돼, 육군정권도 안 돼, 시국을 구하기 위해서는 해군내각을 만들 방법밖에 없다."(다카기 소키치『다카기 소키치 일기』1944년 3월 30일경)라며, 해군내각의 성립을 강하게 호소한 경위도 있었다.

그러나 이 해군내각 구상은 육군에 대한 신뢰를 버리지 않고 있던 천황의 용인을 받지 못했으며, 동시에 기도 고이치 등의 궁중그룹이 받아들일 수 있는 내용이 아니었던 것은 간단히 상상할 수 있다.

계획은 고노에 주변에서 비밀리에 진행되고 있었지만, 같은 해군 출신의 오카다가 이 계획에 관여한 흔적은 없다. 만약 계획이 알려졌다고 하더라도 황도파계 청년장교가 일으킨 2·26 사건 당시의 수상이었으며, 반란장교에게 겨냥되어 구사일생으로 목숨을 구한 쓴 경험을 한 오카다라면, 반란장교 뒤의 군사정권의 수반으로 의심받고 있던 마자키가 관여한 이 계획에 동의하지 않으리라는 것은 명백했다.

또 오카다는 2·26 사건에 의해 황도파계 장교를 좋지 않게 생각하고 있던 쇼와 천황의 심정을 알고 있었기에 이 계획에는 편승하지 않았다.

오카다와 고노에와 함께 도조 내각 타도공작의 한사람인 기도는, 이 시점에서는 "대신할 수 있는 인물로써 도조를 대신할 수 있는 인물을 찾기는 어렵다"고 말하며, "해군은 통수부의 기강이 잡혀있다면 억지로 대신(大臣) 일을 생각할 필요가 없다고 느낀다."(1943년 11월 19일 기도 내대신담 요지, 이토 다카시 편『다카기 소키치 일기와 정보』하권)며 변함없이 도조에 대한 두터운 신임을 명확히 보였다.

그런 의미에서 1943년 단계의 반 도조 기운이 중신들에게 잠재하고 있었지만, 그것이 조직화되어 부상하지는 않았다. 도조 퇴진요구가 본격적으로 정국의 집점이 된 것은 앞에서 술한 대로 이듬해 1944년에 들어간 후이다.

도조에게 집착하는 천황

도조는 중신들의 도조 내각 타도공작의 움직임에 대응하여 선수를 쓰려고 도조 내각과 전쟁지도 태세의 강화를 도모하려 했다.

1944년 2월 17일, 중부 태평양 방면에서의 일본해군의 근거지였던 투르크 제도가 미군의 대공습에 의해 일본해군이 큰 손해를 입자, 도조는 그 다음날에 내대신·기도 고이치와 회담하고 도조자신의 참모총장 겸임과 2명의 차장제(작전 담당과 후방 병참 담당으로 분립)에 의한 통수일원화, 거기에다 내각기능의 강화와 중신층 및 재계와의 접촉을 돈독히 하기 위해 내각개조, 천황친정(天皇親政)의 실을 보여주기 위해 대본영의 궁중 내 설치를 제안한다.

그 결과, 도조는 이시와타리 소타로(石渡莊太郎)를 대장대신으로, 우치다 신야(内田信也)를 농상대신으로, 재계에서는 고토 게이타(五島慶太)를 운수통신대신으로 입각시켰다. 도조 내각에 있어 두 번째의 내각개조였지만, 각료의 대부분이 자기

입김이 닿은 인물로 구성되었던 성립 초기의 내각과는 전혀 다른 성격을 지녔다. 도조는 두 번째의 개조를 통해 지배층 내에서의 재계·관계 등을 여러 그룹들과의 타협을 통하여 정권의 연명을 도모했던 것이다.

통수부의 개편작업에서 도조 스스로가 참모총장의 포스트를 겸임하고, 해군대신의 시마다 한타로에게도 군령부 총장을 겸임시켜, 우시오 구준(後宮淳)과 하타 히코사부로(秦彦三郎) 2명을 참모차장으로 또 츠카하라 니시조(塚原二四三)와 이토 세이이치(伊藤整一) 2명을 군령부 차장에 앉혔다.

이로 인해, 도조는 수상·육군대신·참모총장의 3직을 겸임하게 되고, 도조와 밀접한 관계에 있었던 시마다 해상도 군령부 총재의 지위에 올려, 국무와 통수의 권한을 동시에 한군데로 집중시켜 강력한 전쟁지도태세를 갖추려고 했다. 1944년 2월 21일이었다.

지금까지 일본의 전쟁지도태세는 국무와 통수와의 분립을 겸임한다는 도조의 이번 대처는 사실상 군의 통수권독립제도를 부정하는 것이었다. 당연히 그건 통수부로부터 맹렬한 비판을 받게 된다.

실은, 그 전날 19일에 열린 육군대신, 참모총장, 교육총감으로 구성되는 육군삼총회의 석상에서 참모총장 스기야마 하지메(杉山元)는 "전통적으로 총수와 정무는 함께 해서는 안 된다. 이것은 전통의 철칙이다. 육상이 총장을 겸임하면 정치와 통수가 혼동된다.”라고 도조에게 강하게 항의했다. 이에 대해, 도조는 “폐하는 제 마음을 이미 알고 계십니다”(참모본부 편『스기야마 메모』하권)라고 일축하고 귀를 기울이려고 하지 않았다.

도조는 누구보다도 빨리 천황에 대한 사전 교섭을 하고 있었으며, 도조의 3직겸임의 의도를 저지하려고 한 스기야마에게 천황은 “도조에게는 그 점을 확인했다. 도조도 그 점을 충분히 신경 쓴다고 했으니 안심했다.”(도조 히데키 간행회 편『도조 히데키(東條英機)』)라고 도조의 이번 대응을 승인했다며 스기야마에게 도조에 대한 협력을 명했다고 한다.

또 기도의 기술에 따르면 “참모총장의 겸임이 통수권 확립에 영향이 없는가”라는 천황의 하문에 도조는 “전쟁의 현단계에서는 작전에 정치가 추종한다면 폐해는 없다고 믿는다”(기도 고이치『木戸幸一 일기』하권, 1943년 2월 19일경)고 대답했다고 한다.

이렇게 하여 도조에 대한 권한 집중이 천황의 승인 하에 단행됐다. 그러나 그것이 금방 도조 내각의 정치·전쟁지도 태세 강화로 이어진 것은 결코 아니었다. 즉, 통수부는 여전히 기득권을 고수하여 작전지도에 관한 정치개입을 허락하지 않았고, 중요한 전쟁지도는 통수부가 주도권을 잡는 대본영 정부연락회의에 의해 진행되고 있었기 때문이다.

더 중요한 것은 도조가 권한집중을 강요해 왔기 때문에 국무와 통수와의 결렬이 거꾸로 한층 더 커진 것이다. 이처럼 헌병을 후원자로 하는 도조 정치에 대한 불만과 함께 그 때까지 수면 하에서 있었던 도조 내각 타도의 기운이 급속히 부상해 온다.

그 도조 내각의 타도를 계획하고 있었던 그룹으로는, 요시다 시게루, 우에다 슌키치를 브레인으로 하는 그룹을 비롯해, 고노에와 교분이 깊었던 외교 관료나 사카이(坂井鎬次), 다카기(高木惣吉) 등의 해군그룹이 연결되어 있었다.

또 고노에 내각을 지탱해 온 도미타(富田健治, 고노에 내각시절의 내각서기관장)나 다카마츠노미야(高松宮)의 정치비서적 존재였던 호소카와(細川護貞, 고노에 내각시절 수상비서관) 등이 연락 역할을 했다. 이 밖에도 오쿠라(大蔵公望)가 추대하던 우가키 가즈시게(宇垣一成) 그룹, 히가시쿠니노미야(東久邇宮)를 추대하던 이시하라 간지(石原莞爾)그룹, 육군대장·데라우치 히사이치(寺内寿一) 내각을 구상하는 기시(岸信介), 마츠마에(松前重義) 등의 그룹이 존재했다.

단지, 이들 그룹은 도조 내각 이후의 정권구상이나 정국운영에 관해서 각자의 의도로 움직이고 있었으며, 그룹을 관철하고 있었던 것은 도조 내각 타도 그 하나만이 아닌 상황이었다. 그래서 이들 그룹의 존재가 바로 종전공작의 문제로 집결할 가능성은 극히 적었다.

고노에 내각성립

도조 옹호론 속에서

오카다 등의 도조 퇴진요구의 움직임에 대응하여 기도 등과 함께 도조를 지지한 것은 다카마츠노미야와 히가시쿠니노미야이다. 이들의 도조 지지는 천황의 의향을 거의 대변한 것이다.

천황의 동생으로 반 도조 세력이 기대를 걸고 있었던 다카마츠노미야는 정계 각 방면에 확대되고 있었던 도조 내각 반대의 분위기를 전한 호소카와에게 "도조는 안 된다고 하는데, 그렇다면 누가 하면 된다는 것인가? 만약 교체할 만한 사람이 없다면, 어떻게든 도조 내각을 원조하는 방법은 없는 것인가?"(호소카와 모리사다 『호소카와 일기』 쇼와 18(1943)년 11월 24일경)라고 말하며, 도조에 대한 지지를 분명히 했다.

중신들 중에서 도조 내각 타도공작의 열쇠를 쥐고 있었던 것으로 보였던 기도(木戸)도 1944년 3월 시점에서 사쿠타 고타로(作田高太郎) 대의사에게 "도조에 대해 이렇다 저렇다 말하는데 대체 나더러 어떻게 하라는 말인가? 주청한 책임을 지라는 말인가? 그런 거라면, 어떤 인물도 시간이 흐르면 평판은 나빠진다. 또 현재 신임이 두터운 도조에게 사퇴하면 어떻겠냐고 말하는 것도 어렵고, 내가 폐하께 도조를 그만두게 했는데 괜찮습니다라고 말할 내용도 아니다."(1944년 3월 기도 내대신 담, 앞의 책 『다카기 소키치 일기와 정보』하권)라고 말했다.

동시에 기도는 오카다 대장으로 대표되는 시마다 해상의 비판에도 "대체 해군은 자기 대장이 마음에 들지 않는다고 그 대장을 쫓아내기 위해, 도조가 있으면 방해가 되니까 내각 경질을 희망하고 있지만 그건 좁은 생각이다."(전게)고 말하고 오카다 등의 도조 타도요구를 불쾌하게 생각했다.

말할 것도 없이, 도조는 천황의 신뢰가 두터웠기 때문에 미일 개전을 앞두고 기도 등의 강한 후원으로 수상의 자리에 추대된 경위가 있었다. 그 도조를 전황 악화를 이유로 퇴진시키려는 오카다 등의 움직임은, 기도와 무엇보다도 천황에 대한 불신의 표명으로 받아들일 수밖에 없었던 것이다. 그러나 그 오카다는 도조 내각을 타도하려고 여러 루트와 접촉을 계속해 갔다.

같은 해 3월 11일, 오카다는 후시미노미야(伏見宮)와 다시 면담하고, 해군내부에 시마다 해상에 대한 불만이 쌓여 있다고 보고 한다. 이 시기에도 후시미노미야는 지난 날 직속 부하였던 시마다 해상을 옹호하는 발언을 하여, 오카다의 후시미노미야를 중개로 하는 시마다 해상 해임공작에 손을 대는 일은 없었다. 이것은 곧 후시미노미야와 시마다 해상과의 친밀한 관계를 나타낸다기보다, 후시미노미야를 포함한 중신이나 황족들의 도조 퇴진을 요구하는 기운이 아직 무르익지 않았다는 증명이기도 했다.

이에 대해 오카다는, 그 다음 달 12일에 기도와 면담하고 도조가 내각강화책의 일환으로 제시한 참모총장 겸임과 시마다 해상의 군령부 총장겸임이라는 국무와 통수의 일원화책이 결국에는 도조 내각의 연명책으로 이어질 위험성이 있다는 의견을 기도에게 자세히 말했다. 이 회담에서 오카다는 기도에게 도조 내각에 대한 기도와 천황의 평가를 질책했다.

이에 답하여 기도는 오카다에게 "도조를 한동안 바꾸는 것은 어렵다. 육상과 군수대신을 겸임하는 것은 도조가 너무 많이 차지하니까 육군대신을 그만 두게 하고, 전임을 둔다면 또 군수대신을 해군에 주고 그 때 시마다를 갱실시키는 방법도 있지만 이건 도조의 의사가 없으면 불가능하다"(전게『다카기 소키치 일기』1944년 4월 11일경)고 말하고, 후시미노미야의 경우처럼 시마다 해상 해임요구에 대해 동의하지 않을 것을 분명히 했다.

기도는 도조에 대한 대명강하(천황에 의한 수상지명)의 장치인의 역할을 연기한 이래, 시종일관 도조지지라기 보다 육군지지의 자세를 바꾸지 않았다. 그건 천황도 같았다.

이처럼 도조 내각 타도의 움직임은 당초 오카다를 중심으로 진행되었다. 중신간의 보조는 반드시 맞지 않았지만, 이 과정에서 반 도조(=반 육군세력)가 형성되어, 그 후 국내정치의 전개에 새로운 상황을 준비하게 된다. 그건 개전 이후 천황의 적극적인 지지를 배경으로 전쟁지도와 정치지도 양면에 걸쳐 독재적인 정권을 휘두르면서 과감하게 전쟁지도를 추진해 온 도조 내각과 주전파세력에 대해 유력한 대항세력이 형성된 것을 의미한다.

더구나 그것은 훗날 온건파 또는 화평파로 불려지는 것처럼 하나의 정치세력으로 뭉쳐진 것은 아니었다. 그래도 도조 퇴진요구라는 정치목표 하에 등장한 이들 궁중·중신그룹은 그 후에 전황의 악화 속에서 일정한 정치역할을 담당하려고 행동을 해가게 된다.

2. 도조 내각 타도공작의 향방

기도의 심경변화

오카다와 함께 도조 타도공작에 본격적으로 착수한 고노에 는 1944년에 들어가 도조 내각 경질에 대한 의욕을 한층 더 강하게 가진다. 고노에는 호소카와(細川護貞)와의 회담에서 "나는 비참한 패배를 실감한다.(중략) 라바울이 함락한다면 통 수부는 물론 그만두겠지만, 도조 내각도 그만두게 될 지도 모 른다.(『호소카와 일기』 1944년 2월 1일경)고 말하고, 전쟁악화의 책임을 지고 도조 내각을 갱실시키기 위해 새로운 움직임을 개시한다.

단지, 고노에 측근의 한사람이었던 도미타 겐지(富田健二)는 "단지 지금 이를 바꾸는 방법도 곤란하고 또 쿠데타를 일으키 는 것도 천황의 신임이 있는 한 성공할지도 모른다. 현실적인 문제로써 좀 더 사태가 악화되지 않는 한 도조를 배제하는 것은 불가능할 지도 모른다."라고 도조 내각 타도공작에 신중 한 자세를 보였다.

이 도미타의 발언은 여전히 도조를 지지하고 있던 천황의 자세가 도조 내각 타도공작의 진전에 큰 장애가 되었다는 것을 보여준다.

도조가 많은 고급 군사관료 중에서도 천황에 대한 충성심이 특히 깊었기 때문에 천황이 도조를 깊이 신뢰하고 있었다는 것은 이미 술했다. 미일 개전을 목전에 두고, 강력한 전쟁 지도내각을 준비하기 위해서 천황은 도조에게 대명을 내린 것이며, 도조를 추천한 기도도 그의 일기 속에 도조를 기용한 이유를 "도조는 육상이 된 이후, 항상 폐하를 아주 존중하고 있었다. 이것은 육군 군인의 공통된 마음이었지만, 특히 도조는 그 마음이 강했다."(기도 일기연구회 편 『기도 고이치 일기』(동경 재판기) 1946년 3월 20일경)고 기록돼 있다.

천황은 패전 후의 회상에서도 도조의 '헌병정치'의 평판에 관련해서 "도조가 각 성(省)의 대신을 겸임하여 너무 자기 의사대로 하니 사무국이나 헌병이 도조의 이름으로 멋대로 하는 것이 아닌가. 도조는 그런 인간이라고 생각하지 않는다. 그 사람만큼 나의 의견을 금방 실행에 옮기는 사람도 없다."(기노시타 미치오(木下道雄) 『측근일기』 1946년 2월 12일경)고 말하고, 전후 도조에 대한 평가가 갈라지는 가운데 일관해서 도조에 대한 신뢰를 버리지 않았다.

도조 내각 타도공작에 깊이 관계했던 호소카와 모리사다도

2월 15일에 열린 해군 간담회 석상에서 "현재 상태를 타개하기 위해서는 쿠데타 이외는 없다고 우려하지만, 쿠데타를 일으키는 것을 주저하는 이유가 있다. 그건 말씀드리기 어려운 것이지만, 어상이 대단히 도조를 신임하시니까 만약 쿠데타를 실행해도 역효과의 위험성도 있다. 이것이 실행을 주저하는 이유다. 왜 어상이 이렇게 도조를 신임하시는가에 대해서는 아무도 진실을 말해주는 자가 없기 때문에 안 된다.(『호소카와 일기』 1944년 2월 15일경)고 말했다.

호소카와도 기도도 천황의 그런 의향을 잘 아는 입장에 있었으며, 이들의 증언으로부터 도조 내각 타도공작의 진전을 방해하는 최대의 장애는 천황의 도조에 대한 신뢰에 있었다는 것은 분명했다.

이러한 천황의 자세를 바꾸기 위해, 호소카와는 도조 내각 타도공작의 진행을 황족을 중개로 하여 실행하려고 다카마츠노미야를 설득하려고 했다. 다카마츠노미야는 이에 응하여, "도조 내각 갱실을 위해서 어상의 말씀과 성격을 생각하면 도저히 할 수 없다. 따라서 도조 내각을 부술 분위기가 된다면 간단히 할 수 있다고 생각한다."(『호소카와 일기』 1944년 3월 13일경)고 술한 뒤, 무엇보다도 도조 내각 타도공작이란 점에서 중신들이 결속하는 것이 천황설득의 조건이라는 견해를 보였다.

4월에 들어가자, 중신들 중에서 마지막까지 도조지지의 자세를 버리지 않았던 기도에게 미묘한 심경의 변화가 나타나기 시작했다. 그 증거로, 고노에는 "최근 기도가 도조에 대해 아주 나쁘게 말하고, 11일 모임에서도 도조를 크게 헐뜯었다. 도조에 대해 충분히 고려하지 않은 채 단행한다고 했다. 도조 내각의 마음이 달라진 게 아닌가라고 생각된다."(1944년 4월 25일경, 고노에 공(近衛公) 정국담 『다카기 소키치 일기와 정보』 하권) 라는 증언을 남겼다.

나아가 이 사실을 뒷받침하듯이 호소카와도 "기도 공은 자신도 무색할 정도로 반 도조가 되어 갔다."(『호소카와 일기』 1944년 6월 7일경)는 기술을 남겼다.

또 삿사 히로오(佐々弘雄, 당시 아사히 신문기자)가 전하는 바에 따르면, 기도는 도조와 면담했을 때, "최근 내외 정세가 좋지 않지만 퇴진에 대해 고려한 적은 없는가?"라고 강요하자, 도조는 "민심이 정부를 떠난 것은 유감스럽다. 단지 신임을 받고 있는 이상, 멋대로 퇴진을 고려해서는 안 된다고 생각한다."고 대답했다고 한다.

이에 대해 기도는 "천황의 신임을 받고 있는지 아닌지에 대해서 그 이상은 천황의 판단에 맡길 수밖에 없어서 그만두었다."라고 술했다(앞의 책 『다카기 소키치 일기와 정보』 하권).

이를 경계로, 기도는 그제야 도조비판의 자세를 분명히 하였고, 표면상의 활발한 움직임은 보이지 않았지만, 고노에나

오카다의 움직임에 연동하면서 도조 내각 타도공작에 보조를 맞추기 시작했다.

그리고 이들 궁중·중신그룹에 의한 도조 내각 타도공작이 구체화하는 방향으로 진행하는 계기가 된 것은, 그 해 6월 15일의 미군 사이판 섬 상륙에서부터 시작하여 같은 달 19일의 마리아나 해전에서의 일본해군의 대패배(공모 3척 및 항공기 430기를 상실), 7월 7일의 일본군 수비대 약 3만 명의 '옥쇄'(주민 사망자 약 1만명)로 끝난 사이판 함락이었다.

주도권을 둘러싼 공방

당초 도조 내각의 지지자로 보여졌던 히가시쿠니노미야 나루히코(당초, 방위청 사령관 겸 군사 참사관)은 '최근 도조는 자신을 잃어왔기 때문에 누군가 적당한 사람이 있으면 그만두고 싶다'는 도조의 전언에 대해 '지금 그만두면 절대 안 된다. 끝까지 하라.'(히가시쿠니노미야 나루히코, 『한 황족의 전쟁일기』1944년 6월 20일경)고 전했다고 일기에 적혀 있다.

또 방위총사령부를 방문하여 '전쟁의 전망도 불리해지고 내각의 앞날도 불투명해졌기에 자신은 그만두려고 한다'고 한 도조 수상에게 히가시는 "지금 와서 그만둔다는 것은 아주 무책임하다. 그만두어도 좋지만 전쟁의 뒷처리를 어떻게 할 건지,

먼저 최선책을 취하고 나서 그만두라."(위와 같음, 1944년 6월 23일경)며 사실상 내각의 지속을 지지하고, 도조는 이를 격려의 말로 받아들여 내각 총사직의 생각을 버리게 되었다고 한다.

한편, 『고노에 일기』에 따르면, 이 때 도조와의 회담모습을 들면서 히가시는 고노에게 "나 자신 역시 도조에게 마지막까지 책임을 지게 하는 것이 좋다고 생각한다. 나쁜 상황이 되면 모두 도조가 나쁜 것이다. 모든 책임을 도조에게 지게 하는 것이 좋다고 생각한다. 내각이 바뀐다면 책임의 귀추가 불확실해지고 마지막에는 황실로 책임이 돌아올 수가 있다. 그래서 이번엔 어디까지나 도조에게 시키는 것이 좋다."(『고노에 일기』 1944년 6월 22일경)며, 전황악화의 책임을 도조에게 부담시키는 것이 좋은 계책이라는 견해를 보였다고 한다.

이 견해는 도조에 대한 혐오감으로도 이어져, 중신들 사이에서 유력한 논의대상이 되었다. 이에 앞서, 고노에도 "모처럼 도조가 히틀러와 함께 세계의 증오의 대상이 되었으니, 그에게 전 책임을 맡기는 것이 좋다고 생각한다"(『호소카와 일기』 1944년 4월 12일경)고 히가시쿠니노미야 나루히코에게 말했던 것이다.

이는 다시 말해, 도조를 희생양으로 삼아서 전쟁책임을 도조에게만 지게 하여, 천황이나 황족들이 국민들의 원한을 사지 않도록 했던 궁중·중신그룹의 보수적 관념은, 그 후의 정치에 한층 더 뚜렷이 나타난다.

이렇게 책임을 결여한 발언은, 호소카와나 도미타 등의 측근들의 의문을 사지만, 반 도조 자세를 보이기 시작했던 기도는 고노에와의 회견에서 다음과 같은 발언을 했다.

될 수 있으면 이대로 도조에게 시켜서 최후의 기회──상당한 포격과 본토 상륙을 받았을 때── 방향을 전환시키는 내각을 만들어 궁 전하(=히가시쿠니노미야를 지칭)가 총리가 되어 준다. 만약 도조가 물러날 경우에는 방향을 전환할 미야님의 내각을 만든다. 공(고노에를 가리킴)은 이를 설명하고, 아무래도 오늘날의 정서로서는 국민들이 이 사태를 전혀 모르니 지금 바로 방향을 전환한 내각을 만들더라도 좀처럼 국민들이 추종하지 않을지도 모른다. 그리고, 정말 죄송하지만, 한두 번 폭격을 받든지 본토상륙을 당하고 난 후에야 국민들도 그 쪽으로 마음을 돌리지 않을까. (위와 같음, 1944년 6월 27일)

이 내용은, 그 후의 궁중그룹에 의한 도조 내각 타도공작의 목적과 그 과정에서 표면화하는 종전공작의 진상과 이를 묵인하는 천황의 자세를 파악하는 데 중요한 증언이 될 것이다.

이건 상대방에 일격을 가하여 유리한 전국 하에서 강화(講和)에 임하려는 생각과도 상통된 것이었다. 이를테면 히가시는 그 일기에 다음과 같이 말하고 있다.

"고노에와의 대화에서 도조 내각은 바꾸는 것이 좋다고 생각하여 그 방법을 여러 가지로 생각해 보았다. 우리 해군은 최후의 일전을 할 여력이 있으니 육해군의 항공전력을 통합해서 미군에 일격을 가하고, 그 때 기회를 봐서 평화교섭을 하는 것이 좋다."(전게 『한 황족의 전쟁일기』 1944년 7월 11일경)

말하자면 이것은 국민을 희생하여 인질로 삼은 다음 정책전환을 도모하려던 방침으로 그 후의 논의에서 일관적으로 보여진다. 그 후 천황이 전쟁 지속을 고집하는 경위에서도 몇 번이나 이 일격론에 걸려 전쟁 종결의 기회를 점차로 일탈하게 되는 것에 대해서는 후술하기로 한다.

이런 내용의 정책전환방침이었기 때문에 국민의 존재와 동떨어진 곳에서 비밀리에 진행할 수밖에 없었다.

그것은 정책전환구상을 들어 도조 내각 타도공작을 진행시키고, 그 결과 정국의 지도권을 장악하려는 일종의 정치투쟁이었다. 말하자면, 전쟁피해로부터 국민을 구하고 전쟁정책의 포기에 의해 대외전쟁을 즉각 정지한다는 정책과는 아주 거리가 먼 것이었다.

그런 의미에서, 당해기의 도조 내각의 타도공작은 이들 세력의 정국의 지도권을 둘러싼 공방이었으며, 전쟁종결에 의한 평화회복이라는 과제와는 전혀 관계가 없는 것이었다.

천황의 설득에 움직이다

이후 도조 내각 타도공작의 중심적인 역할을 짊어지게 되는 기도는 중신들과의 회담을 거듭한 결과, 다음과 같은 결론에 달한다.

즉 '1. 국가의 방침이 즉각 전쟁을 중지할 것을 결정하는 경우에, 후계 내각은 미야님 이외에 사람이 없다는 것. 단지 전쟁을 바로 중지하지 않고 또 다른 방법이 있는지 없는지의 연구를 계속할 것. 1. 결국 전쟁 중지를 결정했을 경우는 육해관민(陸海官民)의 책임 전가를 방지하기 위해, 폐하가 전부 자기 자신의 책임이 된다는 것을 분명히 하실 필요가 있는 것. 1. 이렇게 하면 도조도 묵과하지 못하고 적당히 처리를 해야 할 것'(앞의 책 『고노에 일기』 1944년 6월 24일경)이라는 내용이다.

결국, 기도는 도조 내각 타도공작에 본격적으로 관여하게 되지만, 문제는 도조 내각 총사직 후, 어떤 후계 내각을 준비할 지에 대한 점에서 중신들의 의사통일을 도모하는 것에 있다는 것이다. 중요한 것은, 어느 시점에서, 무엇을 계기로, 천황이 도조를 단념하기 위한 수단을 강구하는가에 있었다. 그러나 여전히 도조에 대한 미련을 남기고, 동시에 일정한 전과를 올리고 난 다음이 아니면 초기 화평에 소극적이었던 천황의 자세를 바꿔가는 것은 간단하지 않다고 예측되었다.

그 증거로, 천황은 다카마츠노미야 등의 제궁(弟宮)이 중신들의 의향을 받아 전국 악화의 기구나 도조정치의 불인기에 대해 상소를 시도하려고 하자, "무책임한 황족 이야기는 듣지 않겠다"(위와 같음, 1944년 7월 15일경)며 이를 물리치고 어디까지나 도조를 옹호하는 자세를 보였던 것이다.

이처럼 천황의 조기 화평을 주저하는 자세는, 도조 퇴진 후에도 이어지고 종전 공작이 본격화된 1945년 초두 단계에서도 원칙적으로 아무런 변화가 없었다. 그것은 오키나와 전에 대한 천황의 과도한 기대가 되어 나타나고, 동시에 종전 공작의 실현을 크게 늦추는 최대 원인이 되기도 했다.

그런데 사이판 섬이 함락하기 직전 히라누마 기이치로는 "도조는 국민의 신뢰가 없다기보다는 국민의 원한을 샀다. 이 기회에 정말 어전으로부터의 판단과 성단이 내려져도 좋은 때다. 그러니까 그게 내려지도록 중신들이 상소하면 어떤가?"(위와 같음, 1944년 7월 2일경)라고 술했다.

천황의 성단에 의해 도조 퇴진을 한꺼번에 실현한다는 히라누마의 제안은, 전황의 악화가 국민의 반 황실감정으로 이어지고, 나아가 지배층이 절대 지켜야 할 국체의 붕괴로 이어진다는 위기감을 솔직히 말한 것이다.

성단에 의해 도조를 퇴진에 몰아넣는 방법은, 이미 궁중·중신그룹 주변에 있었던 사람들에 의해 제안된 것이었다.

이를테면, 도미타(富田健治)는 고노에 측근의 한사람으로 보이는 사카이(酒井鎬治) 중장이 기초한 메모를 낭독하는 형태로 "공(고노에를 가리킴) 및 중신의 비상 상소의 수단에 의해, 도조 내각을 퇴진시키고, 칙명에 의해 방향을 전환할 지, 신하(총리의 대명을 받을 것)에 의해 방향 전환을 상소하여 칙허를 받는다."(『호소카와 일기』 1944년 6월 26일경)는 것으로 도조 내각 타도공작을 실현하여, 단번에 종전 공작으로 돌진하는 대담한 정책 전환을 제기했다.

이 방법이 곧바로 궁중·중신그룹에 받아들여진 것은 아니지만, 다카마츠노미야 등은 "중신 중에서 23명이 비상 상소를 할 가능성도 있습니다"라고 한 호소카와의 발언에 대해 "중신이라고 하지만 자격이 없다. 따라서 중신들로부터 배알을 받았다고 해도, 그것을 도조에게 다시 하문한다면, 그로써 망쳐버린다. 역시 기도가 말씀드릴 필요가 있다."(위와 같음, 1944년 6월 29일경)고 답하고, 이 방법에도 여전히 신중한 자세를 보였으며, 천황의 도조신임이 장애가 되고 있는 점을 강조해 보였던 것이다.

천황의 성단에 의한 정책 전환의 방침은, 동년 7월 2일, 고노에가 기도 내대신 비서실장인 마츠다이라(松平康昌)에게 위탁한 기도 앞으로 보낸 문서에 요약되어 있었다(『고노에 일기』). 조금 길지만, 정국의 전환을 요구하는 중요한 문서이기 때문에 요약해서 소개해 둔다.

우선 "사이판 전 이후로, 해군당국은 연합함대가 이미 무력화된다고 하고, 육군당국 또한 전국(戰局) 전체로서 호전의 기회는 절대로 없다고 하는 것에 일치한 것과 같다. 즉각 패전에 이른다고는 육해군 당국이 내린 공통적 결론으로 단지 오늘은 이를 공언할 용기가 없는 것이 현상황이다."며 통수부가 '패전필시'의 전황을 인정하면서도, 이를 공표할 용기가 없는 상황을 타파하기 위해서는, '폐하로부터 엄연한 서면형식으로 하문하실 것' 등의 수단에 기대할 수밖에 없다고 한다.

이 하문에 통수부는 '1. 즉각 사퇴봉정 2. 성단을 받는다 3. 패전의 책임을 두려워하고 명확한 봉답을 피한다'라는 것 중에서 하나의 대응이 예측되지만, 제 3의 경우에는 철저히 추궁하는 것이 타당하다고 했다. 그리고 '현내각 사퇴의 경우에는, 바로 황족(다카마츠노미야를 가장 적임자로 함)에 의해 내각 조성의 대명을 받아, 신내각의 보존으로 인해 시간을 보내지 말고, 정전의 조직을 하급한다'고 도조 내각 총사직을 기회로 단숨에 정전할 것을 설했다.

그리고, 현 내각 총사퇴 후에 일시적으로 전쟁지속을 표방하는 중간내각을 조직하는 것은 '불리한 계책'이라고 했다.

그 이유는 '1. 적측은 도조를 두고, 히틀러와 같은 전쟁의 원흉이 된다며 그에게만 공격을 집중하고 있다. 다른 책임자가

나와 전쟁을 지속할 시에는 책임의 귀추가 불명확해지고, 그 결과, 천황에 누가 된다. 2. 도조는 요즘 내각을 부수려는 음모를 입에 담고 있다. 중간적 내각이 나온다면, 이 음모설은 반드시 선전되고 한층 더 혼란이 일어날 것이다. 3. 전쟁을 지속한다면, 전황은 더욱 더 불리해질 것이 명백하고, 국민들은 도조가 떠났기 때문에 패전이 되었다고 할 것이며, 신내각에 신망을 잇는 것은 극히 곤란할 것이다.'는 내용이었다.

중신들의 도조 타도계획

여기에서 최대의 관심 대상은, 패전 책임을 예측한 전쟁 책임의 소재를 도조의 전쟁·전쟁지도 속에서 찾고, 그것을 나라 안팎을 향해 명확히 하는 것에 있었다. 말하자면, 여기에도 도조 희생양론을 논하면서, 육군주전파가 밀어주는 도조 내각으로부터의 정치지도권 탈환이 기도된다.

'정전(停戰)의 조칙'에 대해서는, 3가지 안을 준비하지만, '3, 전쟁의 추이를 생각하면, 더 이상 국민들에게 희생을 강요하는 것은 역대 군신의 정의에 비추어 해서는 안 되는 것'을 최선책으로 하고, '지금부터 황실과 신민과의 관계를 양호하게 하여, 사상악화, 혁명발발에 의한 국체의 위기를 조금이라도 완화해야 할 것인가'라고 했다. 그리고 '정전은 시급히 할 필

요가 있다'고 하고, 그 이유를, '지금 국체보호를 위한 것이
된다'고 단언한다.

국체보존을 목적으로 하는 고노에의 조기정전론 주장의 배
경에는 전쟁 지속에 의한 인적·물적 손해가 인심의 동요와
혼란을 불러오게 되고, 그 결과로써 황실에 대한 불경스런 사
건 증가나 '좌익분자는 여러 가지 방면에서 잠재하여 어떻게
든 가까운 시일 안에 올 패전을 기회로 혁명을 선동하려 한다'
는 현상황에 대해 심각한 위기의식이 있었던 것이다. 이 '적
색혁명'에 대한 위기의식이 그 후 궁중·중신그룹의 공통인
식이 되고, 국체보존=천황제견지의 절대적 신념은 그들 모두
의 행동규범이 되어 간다.

고노에는 이어서 "소위, 우익 중에서 아주 강경하게 전쟁
완수, 영미격멸을 부르는 자는 대부분 좌익으로부터의 전향
자로 그 신의를 알 수가 없다. 대 혼란 시에는 어떤 움직임을
보일지, 상상할 수 있다. 따라서 패전을 피할 수 없을 경우,
가망성 없는 전쟁을 계속하는 것은 국체보존의 입장에서 보
면 가장 위험하다고 할 수 있으며 즉각적인 정전은 이러한
뜻에서 긴장이 필요하다."고 지적한다.

고노에는 육해군 주전파 속에서 공산주의자의 환영(幻影)을
보고, 패전을 피할 수 없는 전황 속에서 일부러 전쟁 지속이라
는 비합리적인 주장을 반복하는 것은, 천황제를 폐지하고 공

산혁명을 지향하는 세력이 주전파 속에 존재하거나 또는 공산주의자의 영향을 받고 있는 증거라고 생각했던 것이다. 고노에의 이 발상은, 이듬해 2월의 유명한 '고노에 상소문'에서도 반복해서 말하고 있다.

그런데 이 문서의 마지막 부분에서, 먼저 중간적 내각은 '좋은 계책이 아니다'라고 했지만, '만약 즉각적인 정전이 진상을 모르는 군인과 국민들에게 큰 충격을 주고, 동요할 가능성이 커진 황족내각을 보더라도, 이것이 통제곤란하다고 인정될 경우에는 어쩔 수 없이 중간적 내각을 조직해야 할 것이다. 단지, 그 내각은 종래부터 주전론을 불러 온 강경분자를 가지고 조직해야 할 것'이라고 하고, 황족내각에 의한 정전이 불가능하다고 판단되는 경우에는, 도조 이외에 주전론자에게 전쟁계승 내각을 조직시키고, 마지막 일대격전을 시도하여 패전이 한층 명료해진 단계에서 다시 황족내각의 출현을 기도하는 것도 하나의 안이었다.

여기에서 말하는 '중간적 내각'의 의미가 조금 애매하지만, 고노에는 첫째, 동시에 천황의 절대적 권력을 백그라운드로 도조 내각을 타도하고, 정치지도의 주도권을 탈환하는 것, 둘째, 고노에 등의 궁중·중신그룹의 통제 하에 있는 내각에 의해, 우선 전쟁을 계속하고 거기에서 전과를 올려 정전에 유리한 조건을 형성하여, 정전체결을 하려고 한 것이다.

스즈키 내각

　기도 앞으로 보낸 이 고노에 문서는, 도조 내각 타도공작을
진행하는 지배 상층부 즉 궁중·중신 그룹의 행동방침을 거
의 집약한 것이 되었다. 사실 이 이상의 정국의 전개는 대체로
고노에가 예상한 대로 되었다. 고이소 구니아키(小磯国昭) 내
각은 표면적으로는 전쟁지속을 주장하는 '중간적 내각'이었
다. 덧붙여 말하자면, 고이소 내각 후, 스즈키 내각이 성립되
지만, 포츠담선언 수락 후에는 황족내각으로서 고노에 등의
희망대로 히가시쿠니노미야 내각이 조직된다.

3. 열세에 선 주전파 세력

고노에 · 기도 라인의 형성

이 고노에 문서는 당장 기도와 히가시쿠니노미야 등에 의해 검토되고 7월 8일 오전, 고노에는 내대신 저택에서 기도와 회담을 한다.

여기에서는 먼저 도조가 육해군부의 간부를 모아 적의 본토 상륙의 경우에는 일단 적의 상륙을 방치한 뒤, 그 후에 이를 격멸할 준비를 명령했다는 이야기를 들은 기도는 "함대결전의 방법이 하나 남아 있긴 하지만 전황 자체는 거의 절망적이다. 패전의 책임 전가가 육해군과 또 그 밖에서도 일어날 것이다. 거기서 폐하 자신이 모든 책임을 짊어지고 국내의 분쟁들을 누를 필요가 있다고 생각한다."(앞의 책 『고노에 일기』 1944년 7월 8일경)고 말하고, 천황의 출마에 의한 정치전환이 현상태에서 가장 현실적인 선택이라는 판단을 제시했다.

기도는 도조 내각 타도공작에 이의는 없었지만, 그 방법에 여전히 신중한 태도를 보였다. 우선 효과적인 수단으로, 아사

카노미야(朝香宮), 다카마츠노미야(高松宮), 히가시쿠니노미야
의 세 황족이 천황을 배알하고, 사실상 도조의 참모총장 사면
을 목적으로 한 통수권의 확립에 대한 상소를 한다. 그로써,
도조가 지닌 전쟁지도권을 탈환하여 하나의 돌파구를 찾으려
는 안을 제안한다.(3 황족의 배알은 훗날에 실현)

여기에서 기도 또한 천황의 설득과 정국으로의 출마를 당면
과제로 삼고 강조한 점이 주목된다. 기도는 내대신으로서의 입
장에서, 천황의 자세를 고노에 이상으로 숙지하였으며, 천황의
자세를 전환하지 않는 한, 정국의 전환도 있을 수 없다는 점에
서, 그 현실주의적인 자세를 새로이 발휘했던 것이다.

이 회담에서 기도는, 고노에가 기도 앞으로 보낸 문서를 들
면서, 그 내용이 전국이 절망상태라는 전제에서 요약한 것이
며, 그 후 오카다 게이스케(岡田啓介), 스에츠구 노부타다(末次信
正), 고바야시(小林躋三)의 각 해군대장의 정보에 의하면 함대결
전에 의한 승리의 가능성도 조금은 남아있다고 한 다음, '최후
의 결착은 어느 정도 알 수 있지만, 국민들에게 모든 걸 어쩔
수 없이 그만두지 않으면 안 된다는 포기의식을 심어줄 필요
상에서 함대결전을 실행하는 중간 내각의 출현은 어쩔 수 없
는지도 모른다.'(위와 같음)고 말하고, '함대결전'에 의해 재건
을 도모하는 것에 여전히 집착하는 발언도 했다.

그건 마치, 전황에 대해 낙관적인 전망을 버리지 않았던 천

황의 심경과 동일한 것이기도 했다. 기도는 도조 퇴진요구에 응하는 자세를 보이는 한편, 전쟁의 전개에 대해서는 육군주 전파에 동조했다.

이 시기의 기도의 언행은 도조 내각 타도공작의 진전과 그 실현이 곧 전쟁종결=화평으로의 움직임을 나타내는 것이 아니라는 것을 증명하는 것이었다.

고노에는 기도와 회담한 후, 동일 오후 귀족원 의원·나카가와(中川良長) 저택에서 히가시쿠니노미야와 회담하고, 기도·고노에 회담에서는 전쟁이 최종단계에 와 있다는 것과 육해군 주전파가 전쟁지속을 강경히 주장하는 동안에는 조기 강화의 가능성이 낮다는 점을 지적했다.

더구나 도조 내각의 조기퇴진은 현실성이 부족하고, 퇴진하게 할 조건 만들기가 필요할 것, 도조 내각의 후계내각은 단명내각이라며, 그 후계자로 남방군 총사령관 데라우치(寺內寿一) 원수가 추천되었고, 그 데라우치의 후계자로서 히가시쿠니노미야가 내각을 조직하여 강화를 기도할 것, 강화는 영국에 중개를 의뢰할 것, 천황은 퇴위하여 황태자가 천황에 즉위할 것, 그 경우에는 다카마츠노미야가 섭정할 것 등이 논의됐다고 기록되어 있다(앞의 책『1 황족의 전쟁일기』1944년 7월 8일경).

이렇게 하여, 오카다에 의해 선편이 준비된 도조 내각 타도 공작은 여기에 와서 겨우 구체적으로 움직이게 된다. 그리고 그 담당자도 고노에를 그 대표로 하여 천황의 제일 측근인 기도와의 연계를 꾀하면서 기도―고노에 라인 속에 황족들을 끌어들이면서 진전한다.

따라서 그 후 실현하는 도조 내각의 갱실 극은 처음부터 천황의 전쟁관의 전환과 깊이 관련한 정변이었다.

고노에의 정국전환계획을 보더라도, 고노에·기도 회담에서 도조 내각 타도공작의 정치스케줄을 보더라도, 그 집점은 역시 도조를 필두로 하는 주전파로부터 천황을 어떻게든 분리하여 고노에―기도 라인에 의한 정국운영의 양해를 받아, 궁중·중신그룹 주도의 종전공작을 진행하는가에 있었다.

그래서 도조 내각 총사퇴 후의 후계내각의 후보자 선정과 그 성격부여가 검토되기 시작했던 것이다. '절대 국방권'이 파탄에 이른 그 단계에서 도조 내각 타도공작은 그 과정자체가 아직 종전공작의 제 1 단계로 자리매김할 성질의 것이라고 말할 수 있다.

벼랑끝에 선 권력자들

고노에―기도 라인의 형성과 더불어 정계상층부에서의 도조 타도공작이 한층 활발해지고, 또 그 때까지 도조 내각을 강하게 지지해 온 익찬회(翼贊會)가 사이판 함락의 책임을 둘

러싸고, '선처해야 할 것'이라는 결의를 함으로써, 사실상 도
조 내각에 대한 불신을 표명했다. 반 도조운동은 갑자기 긴장
상태에 빠졌다.

도조는 이러한 상황에서 또다시 내각 개조와 대본영 강화
책을 제시하고, 내각의 연명에 필사적이었다.

도조는 7월 13일 오후, 황거에 가서 기도와 회견한 뒤, 그
자리에서 중신 아베(安部信行)와 요나이(米内光政)의 입각, 수상
겸임이었던 군수상의 전임, 입각시킨 중신과 외무대신의 대
본영 구성원으로의 추가, 육해군의 항공 병력의 지도통일 등
의 개혁을 제시하고 기도의 양해를 구했다(앞의 책『기도 고이치
일기』 1944년 7월 13일경).

기도는 이에 응하여 반대로 통수의 확립(육군대신과 참모총장
의 분리), 시마다 해상 겸 군령부 총장의 해임, 중신 및 지도자
층의 포용파악의 필요 등을 도조에게 요구했다. 다시 말해,
3가지 조건을 제시했다.

기도에게 3가지 조건을 제시받은 도조는, 육군성 군무국
장·사토 겐료(佐藤賢了)에게 "이 조건은 나를 강제로 사직하
게 하는 것이다. 내부(기도 고이치)의 태도도 전혀 달라졌다. 중
신 등의 내각 타도운동의 손길이 닿아 있다. 그 뿐만 아니라,
이건 천황의 의도를 가진 말이라고 생각된다. 신임은 사라졌
다. 신임이 사라졌다면 하루라도 남아 있을 수 없다"(사토 겐료

『사토 겐료의 증언』)고 하고, 즉각 사임할 것을 결의했다고 한다.

그러나 그 후 도조는 측근들에게 설득되어 생각을 바꾸고, 천황의 진의를 확인하기 위해 천황을 배알한다.

이에 천황은, "첫째, 통수확립에 관해서는 지금 하지 않으면, 거물이 움직일 위험이 있기 때문에 고려하라. 둘째, 시마다에 대해서 도조는 부하라고 하지만, 부하만이 아니라 후시미미아가 움직였다는 사실이 있기는 있다."(앞의 책『기도 고이치 일기』1944년 7월 13일경)고 도조에게 전한 것을 기도에게 누설했다. 원칙적으로는 기도의 역제안에 대해 지지 자세를 표명한 것이 된다.

단지, 기도의 도조에 대한 발언과 천황의 발언과는 도조에 대한 퇴진요구의 정도가 약간 달랐다. 기도는 도조에게 "오늘날의 문제는 이미 일개 내각의 문제가 아니다. 첫발을 잘못 내딛으면 성덕(천황)이 언급되고 비판이 격화될 위험이 있다."(위와 같음)며 강경한 퇴진요구를 분명히 하고 있다.

이에 반해, 천황의 발언을 액면대로 받아들인다면, 통수권이 확립되면 아무튼 그것으로 충분하다고 볼 수 있다(호사카 마사야스(保阪正康)『도조 히데키와 천황의 시대』하권).

여기서부터 기도는 도조에게 천황의 발언을 퇴진요구와 마찬가지로 해석시켜 도조 내각 타도공작에 결착을 내려고 한 것이다. 실제로 이 때 기도는 도조를 향해 "지금에 이르러서

는 개조는 무의미하다. 누구나 불안하게 생각하는 것은 통수
권 문제다. 폐하도 이 점을 극히 불안하게 생각하고 계신다."
(앞의 책 『고노에 일기』 1944년 7월 12일경)고 말하고 있다.

이런 기도의 자세를 도조 퇴진의 좋은 기회로 본 점에서는
고노에도 같았다. 기도나 고노에의 이와 같은 동향에 저항하
여, 도조는 이튿날 천황을 또 다시 배알하고 참모총장 및 군령
부총장의 전임제로의 복귀, 시마다 해상의 해임건에 대해 상
소했다.

또 도조는 18일, 기도와의 회견에서 노무라(野村直邦) 육군
대장 취임, 시마다 해상의 군령부 총장전임, 가이즈(海津美治
郞) 육군대장의 참모총장 취임에 의한 통수권확립의 실행을
내세워, 일련의 도조 내각 타도공작에 필사적인 저항을 시도
한다.

물론 그 배경에는, 도조의 측근들이 강력히 밀어붙인 것도
있었지만, 그 이상으로 도조가 천황을 배알했을 때, 천황과의
사이에서 나눈 내용으로 봐서, 천황의 신임을 완전히 잃어버
린 것이 아니라고 판단했기 때문일 것이다.

따라서 14일에 배알했을 때, "통수의 현재 상황을 바꾸고,
또 내각 각료도 교체하여 한 길을 매진할 결심입니다."(위와
같음, 1944년 7월 14일경)라고, 어디까지나 내각 지속의 의사를
선언했던 것은 도조 나름대로의 감이 있었기 때문이라고 봐

야 할 것이다.

이런 도조의 자세를 본 고노에는 "천황이 통수 운운해도 결국 그건 전부 불신임이라는 의미인데도 그렇게 생각한다니 기가 막히지 않을 수 없다"든지, "실로 얼굴이 두껍다고 할까, 미친 사람과는 대화가 안 된다. 설마 천황도 그만두라고는 할 수 없으니까 통수의 모든 걸 유지하기 위해서라는 표현으로 불신임을 보이신 건데, 그 점에 대해 아주 태연한 것은 놀랍다."고 털어놨다(이상, 앞의 책『호소카와 일기』1944년 7월 14일경).

그러나 그건 오히려 고노에가 가진 반 도조 감정의 소산이었으며, 이 때 고노에는 반드시 천황의 의향을 충분히 파악한 것은 아니었다.

도조에게 미일 개전의 전쟁지도 내각을 담당하게 하고, 충실한 군사관료였던 도조를 통하여, 정치지도 및 전쟁지도를 진행시켜 온 천황은, 이 때 기도가 보인 세 가지 조건을 도조 퇴진을 요구하는 카드로 보지 않고, 마지막까지 도조에게 미련을 남겼던 것이다. 원칙적으로 천황은 명확한 전쟁지속론자였으며, 그 때까지와 마찬가지로 도조 내각 하에서 추진하기를 기대했던 것이다.

이런 점에서, 고노에 등의 중신들과 천황 사이에는 미묘하게 엇갈렸다. 이 미묘한 엇갈림은 전쟁종결을 피할 수 없는 시점에서도 쉽게 시정되지 않고 공연히 시간만 허비하게 된다.

천황, 도조 지지를 철회하다

가야노미야 즈네노리오(패전시의 육군대학 교장)의 고노에 대한 전언에 따르면, 전국 악화에 대한 불안과 반 도조의 움직임 등으로 인해 이 시기의 천황은 '신경쇠약 기미로 아주 흥분해 있다'(앞의 책『고노에 일기』1944년 7월 15일경)는 상황이었다고 한다.

고노에 등의 중신들은 황족을 중개역으로 하여, 천황의 도조 단념책을 기도하고 있었으며, 이에 천황은 분명히 혐오감을 나타냈던 것이다.

같은 달 3일, 다카노미야는 아사카노미야 야스히코(육군대장 전 상하이 파견군 사령군)와 함께 천황을 배알하고, 기도가 도조에게 들이댄 조건에 따라 거듭 도조의 참모총장 겸임이 불합리하다는 것과, 대본영에 막료장을 두고 여기에 해군 군인을 붙일 것을 진언했다.

천황은 이에 답하여, '정부에도 이 점을 고려하여 전임 참모총장을 두기로 했다'(앞의 책『한 황족의 전쟁일기』1944년 7월 17일경)고 하며, 이 시점에서 참모총장 전임제도에 의한 '통수권의 확립'에 의해 도조 지속의 판단을 표명했다.

그래서 도조는, 중신들의 반 도조운동이 최종단계에 이른 것을 알면서도, 내각을 버리는 것을 거부하고, 어디까지나 저항을 시도했던 것이다. 반대로 중신들은, 도조의 내각지속의 결의가 강한 것을 알고 일시적으로 동요한다. 오카다는 도조에게 저항하기 위해, 7월 17일 중신모임을 소집하고, 거기에 기도를 초대하여 그를 통하여, 천황의 암묵리의 도조지지를 전환시키려고 했다.

기도는 내대신과 중신들이 모임을 가지는 것도, 중신의 상소를 내대신이 이어주는 것도 곤란하다며, 단지 중신이 직접 배알하거나 상소를 원한다면 선정을 하겠다는 취지를 분명히 했다(앞의 책 『고노에 일기』 1944년 7월 17일경).

천황의 의향을 알고 있던 기도는 중신들의 직접적인 대변자라는 인상을 피하고, 천황과의 일체성을 직분으로 하는 원칙에 충실히 따름으로써, 그 입장을 형식적으로나마 보류한 것이다. 이미 반 도조의 자세를 선명히 한 기도로서는, 말하자면 천황과 중신들과의 진퇴양난 상태에 빠진 것이다.

단지, 기도는 반 도조 세력과의 접촉에서, 그 움직임이 최종단계에 와 있는 것을 알고 있었으며, 더 이상 중신들의 움직임을 무시하는 것은 불가능하다고 보고 있었다. 그래서 기도는 고육지책으로, 중신들의 의향을 전하는 형태로 기도 자신도 반 도조의 입장에 있다는 것을 천황에게 확인시키려고 한 것이다.

도조는 반 도조 세력의 움직임이 활발해진 사실을 헌병이 전해 온 정보로 파악하고 있었으며, 이에 대항하기 위해서 여전히 신임을 받고 있는 것으로 보이는 천황으로의 상소가 마지막 비장의 카드가 되리라 보고 있었다. 그래서 반 도조 세력 안에는 도조가 천황의 권위를 방패로 삼아, 중앙돌파를 도모할 가능성에 대한 위기감을 느끼는 사람도 적지 않았던 것이다. 그래서 그럴 경우, 천황에 대한 중개역으로서 기도가 존재하는 한, 기도는 도조측에서도 반 도조측에서도 '키맨'으로서의 위치를 실제로 점유해 가게 된다.

그런데 오카다는 요나이(米內)가 내각을 수락하기 이전에, 중신들의 의견일치를 위해 중신회의 개최를 기도한다.

17일 오후 6시 반에 중신회의가 개최되고, 그 석상에서 도조 내각 타도공작에 관해서는 반드시 의견이 일치하지 않았지만, 오카다가 중신회의의 결론을 억지로 내리고, 그 결과를 기도에게 "이 중대한 시국을 극복하기 위해서는 인심을 새롭게 할 필요가 있습니다. 국민 모두가 서로 화합하고 서로 협력하여, 한 길로 매진하는 정부가 되지 않으면 안 된다고 생각합니다. 일부만 개조하는 것은 아무 소용이 없다고 생각합니다."(위와 같음, 1944년 7월 17일 오후 4시경)라는 내용을, 도조와 밀접한 관계에 있었던 중신 아베 노부유키로부터 듣자, 도조는 각료들의 사표를 정리하여 내각을 총사직했다. 도조 역시, 그 내용에 따라 중신이 상소한다면 천황도 자신을 단념하리라는 것을 충분히 예측하고 있었다.

도조 내각 총사직의 원인으로는, 입각을 요청한 요나이가 거꾸로 인심일신(人心一新, 민심을 새롭게 함)을 방패로, 반 도조 세력의 의향을 배경으로 하여 입각을 거부하고, 중신의 파괴공작이 실패한 것과 각내에서도 대신(=장관) 포스트를 비워두기 위해 요구된 국무대신·기시 노부스케가 사직을 거부하고, 또 내무대신·시게미츠 마모루(重光葵)와 농상대신·우치다 신야(內田信也)가 총사직을 요구한 결과, 각내 불통일을 노정한 것 등이 원인으로 보이고 있다.

그러나 진상은, 기도를 통하여 반 도조세력의 동향을 파악한 천황이 최종적으로 도조 지지를 철회한 것이다. 도조의 사직결의 상소에 대해, 천황은 '그런가?'라고 대답했을 뿐이라고 한다(앞의 책 『도조 히데키와 천황의 시대』 하권).

이에 대해, 명확한 증언이 남아 있지 않지만, 천황으로서도 정계상층부의 반 도조운동을 이미 무시할 수 없었던 점은 충분히 예측된다. 아무튼 도조는 결국 천황에게 버려지게 된 것이다. 이렇게 하여 2년 10개월간 이어져 온 도조 내각은 그해 7월 18일에 총사직한다.

타도공작에서 종전공작으로

도조 내각 타도공작이 실현되는 가운데, 당초 공작의 중심적 존재였던 오카다와 고노에와 더불어 기도를 넣어 얻은 것은 궁중·중신그룹의 대두와 그 영향력 확대였다. 그와 동시에 육군 주전파세력과의 사이에서 긴장관계를 증폭시키는 결과가 됐지만, 전황악화에 따르는 정국의 유동화 상황에서 새로운 정국의 진전가능성을 준비하는 원인이 됐다.

즉, 전쟁정책의 수행에서부터 전쟁지속을 할 건지 전쟁종결을 할 건지를 둘러싼, 지배층 내부의 조정과 타협이 요구되고, 그 가운데 전쟁종결이라는 정책전환을 향한 지배층 내부의 합의형성의 가능성이 겨우 보이기 시작했던 것이다.

또 개전이래, 일관적으로 전쟁지속에 의한 승리를 고집해온 천황이 전황의 악화와 도조퇴진에 의해, 전쟁지도에 대한 불만을 품기 시작한 것도 분명했다. 그 후, 천황도 전쟁지속과 전쟁종결 사이에서 흔들린다. 거기에다 도조 지원을 계속하던 기도가 고노에 등과 보조를 맞추어 도조를 단념한 사실은 천황에게 적지 않은 충격을 주었을 것이다.

전황악화가 지속되는 가운데, 천황은 전쟁지속과 승리에 대한 자신감을 잃어갔지만, 그래도 원칙적으로 전쟁지속노선에 대한 자세를 바꾸지 않았다. 도조 내각 퇴진 후에도, 천황

은 전쟁지속을 고집하고, 일격론을 반복함으로써 전과를 기
대해 왔던 것이다.

궁중·중신그룹들 또한 기도의 도조 추천에서 보이듯이,
도조 내각을 낳은 생모이며, 이 전쟁 지도내각에 편승한 하나
의 세력이었다. 전황의 악화는 양자 사이의 분열과 대립을 낳
는 원인이 되었으며, 거기에서 파생한 천황제 지배체제에 대
한 동요와 붕괴의 위기감은, 그것을 지탱하던 기반세력인 궁
중·중신그룹의 공유인식이 되었다. 이는 천황의 의향과는
별도로 도조 내각 타도공작으로 향하게 만들었다.

도조 내각 타도공작 개시로부터 그 실현에 이르는 정국의
전개가 의미하는 것을 정리하면 다음과 같다.

첫째, 개전결정시에 타협을 성립시킨 주전파인 육해군부세
력·혁신관료·자본가와 온건파인 지배 상층부(궁중·중신 그
룹)와의 동맹관계가 깨지고, 후자가 각종 저항을 받으면서도
정치주도권 탈환에 거의 성공한 점, 둘째, 천황이 도조를 마지
막까지 신임한 것은 도조 내각 타도공작을 진행하는 궁중·
중신 그룹의 행동의 큰 장애가 되며, 퇴진으로 몰아넣기에는
많은 시간을 필요로 한 것이다.

셋째, 그 과정에서 도조 측에서 반대파를 압도하기 위해서
는 결국 천황이라는 절대적 권위에 기댈 수밖에 없으며, 실질
적인 의미에서 천황의 권한의 강대성과 절대성이 다시 인식

되고, 그 이후의 '종전' 공작 과정에서도 천황의 권위와 권한을 현실의 정치과정에 어떻게 활용해갈 것인지에 큰 관심이 집중될 것을 미리 예측시켰다.

제 4, 육군주전파에 의한 전쟁지속이 패전을 초래하고, 그로 인한 국체(=천황제)의 붕괴 위기를 감지한 궁중·중신그룹이 집결하여 육해군의 주전파에 대항하는 세력 부재의 상황 하에서 새로운 정치세력으로서의 역할을 수행하게 된다. 천황의 권위에 의존하는 점에서는 도조세력도 같았지만, 최후의 패전(=국체의 붕괴)에 대한 인식을 심각하게 받아들였던 점에서 이 세력의 존재는 무시할 수 없게 되고, 이들 그룹은 이후 '종전' 공작의 주도권을 완전히 장악해 간다.

따라서 패전과정과 '성단'에 의한 포츠담 선언의 수락(=무조건 항복)의 결정이라는 흐름 속에서 도조 퇴진을 볼 때, 거기에서 천황에게 다시 '성단'을 요청하는 주체의 성립이라는 점에서 중요한 전환기로 파악된다. 그와 동시에 도조퇴진의 과정이야말로 '종전' 공작을 담당하는 주체의 형성과정이었다는 점도 확인해 두고 싶다.

그런 뜻에서 도조 내각 타도공작의 경위에서 기도·고노에 등의 궁중·중신그룹의 정치사상 또는 행동이념을 관찰하는 것은 앞으로 고이소 내각과 스즈키 내각에서의 '종전' 공작의 진상을 쫓는데 필요불가결한 작업이다.

그리고 무엇보다도, 성단에 의한 포츠담 선언의 수락(=무조건 항복)이라는 정치 결단이 왜 그처럼 지연되어, 오키나와 전과 같은 비극과 동경대공습을 정점으로 하는 일련의 공습피해를 초래하게 되고, 최종적으로 히로시마·나가사키에 원폭 투하라는 결과를 왜 가져왔는가라는 문제를 푸는 열쇠가 될 것이다.

제 2 장
천황의 계전의사와 '종전'공작

　　도조 내각의 타도와 종전공작의 동시진행의 계책은 쇼와 천황의 강한 전쟁지속 의사에 의해 좌절된다. 쇼와 천황은 마지막까지 도조 히데키를 필두로 하는 전쟁지속을 주장하는 육군주전파를 밀어준다. 거기에는 쇼와 천황과 도조 히데키의 일련탁생(＝결과가 어떻게 되던 간에 행동·운명을 같이 함)적인 관계가 존재했다. 또 쇼와 천황은 일본육해군의 최고사령관으로서 철저히 전쟁을 수행했다. 쇼와 천황 주변의 중신들은 쇼와 천황을 설득하지만 강한 전쟁지속 의지를 간단히 바꿀 수 없었다. 그로 인해, 종전이 늦어지고 일본 국내외에서 심대한 희생을 초래하게 된다. 제 2장에서는 그 과정을 자세히 추구하고 침략주의자로서의 쇼와 천황의 실상을 명확히 했다. 그건 동시에 쇼와 천황에게 결정적으로 전쟁의 책임이 있다는 것을 의미한다. 처음에는 미국과 영국을 상대로 한 전쟁에 주저했던 쇼와 천황은 개전 후에 강한 전쟁지도를 전개한다. 한 번 시작한 전쟁을 멈추게 하는 것은 쇼와 천황에게 있어 쉬운 일이 아니었던 것이다.

제2장
천황의 계전의사와 '종전' 공작

1. 지연하는 '종전' 공작

주전파와의 타협

먼저 도조 히데키 내각을 이어받은 고이소 구니아키의 선출경위를 『기도 고이치 일기』 소장의 「중신회의 전말」(이하, 전게 『기도 고이치 일기』1944년 7월 18일경)에서 전체상을 정리해 둔다.

도조 내각 총사퇴를 받고 후계 내각을 주청하기 위해, 1944년 7월 18일에 중신회의가 개최되었다. 회의에서는 먼저 도조 측근으로 보인 아베 노부유키가, 후계인사는 '국무와 통수 사이에 간격이 생겨서는 큰일 나기 때문에 꼭 밀접한 관계가 필요하다'고 말하고, 시급한 군인 내각노선의 세습을 주장하면서 요나이(米內光政)를 수반으로 하는 해군내각 안을 제언했다.

이에 대해 요나이는, '군인이란 작전통수의 틀 안에서 움직이는 것을 중요하게 생각하기 때문에 정치는 문관이 하는 것이 지당하다'며 문민내각 안을 제안한다. 아베는 이에 동의하지 않고, 요나이는 두 번째 안으로 육군내각을 제안한다. 와카츠키(若槻)도 이에 동의하고, 우가키(宇垣一成) 육군대장을 후보자로 꼽는다. 고노에가 전쟁지도 내각의 관점에서 문민내각은 부적당하며, 육해군 내각이 적당하다고 하자, 히라누마도 이에 동의하게 됐다.

기도는 전쟁지속 및 정치의 재건을 사명으로 하는 내각의 설립을 요청한다. 추밀원(樞密院, 천황의 자문기관) 의장·하라(原嘉道)는 중신 5명 정도가 협동해서 대명을 받드는 안을 내지만, 이를 기도가 반대하고 히로타는 황족 내각을 지지하게 됐다.

이러한 논의를 통하여, 결국 군인 내각설이 유력해진다. 그 중에서도 아베를 제외한 중신들 대부분이 육군내각을 지지하게 됐다.

다음 초점은, 육군 군인 중에서 어느 파벌에서 선출할 지에 맞춰졌다. 중신들의 공통된 인식은, 도조를 대표로 하는 통제파를 억제할 능력이 있는 군인을 선출하는 것이었다. 그 후보에 오른 것이 데라우치(寺内寿一, 당시 남방 파견군사령관), 우메즈(梅津美治郎, 당시 참모총장), 하타(畑俊六, 전 중국 파견군사령관), 혼조(本庄繁, 전 관동군사령관·전 시종무관장(천황과 군인을 연결하는 역할)), 고이소(小磯国昭, 당시 조선총감) 등의 육군 군인이었다.

이 중에서, 제 1후보에 오른 데라우치는 최전방의 사령관 갱실은 병사의 사기에 악영향을 준다는 이유로 보류되고, 우메즈의 경우에도 참모총장에 취임직후라는 이유로 실현이 곤란해졌다. 여기에다 우메즈의 경우에는 고노에·히라누마 등의 육군황도파에 연결된 중신들로부터 통제파의 좌익적 군인과 접촉이 있었다고 보였던 것도 그 이유로 들 수 있다. 그 결과, 제 2후보 중에서 선출하게 되고, 최종적으로는 고이소에 초점이 맞추어졌다.

고이소 선출 경위에서, 고이소 내각 성립 전후의 정국의 실태가 뚜렷해진다.

우선 궁중·중신그룹은 도조 내각의 타도에는 성공하지만, 여전히 육군주전파와의 타협의 소산으로 후계 인사를 어쩔 수 없이 그대로 결정하게 된다. 선출작업은 아베가 대표인 육군내부의 도조파(도조는 중신회의에 출석하지 않았음)와 반 도조세력과의 알력 다툼 속에서 진행되지만, "내외 정세 중에서 특히 앞으로 국내의 방위태세를 강화하는 점에서 봤을 때, 육군 군인이 되지 않으면 안 된다고 믿는다"라는 기도의 발언에 상징되는 것처럼 궁중·중신그룹은 결국 육군내각을 지속하는 방향으로 회의를 마무리하려고 한 것이다.

그 이유는 '국토방위태세의 강화, 내지(內地)에서의 육군의 증강배치, 헌병의 강화'라는 목표를 내건 육군의 상태를 봤을 때, 반(反) 육군·비(非) 육군에 의한 내각성립은 리스크가 크다는 판단이 있었기 때문이다. 다시 말해, 도조 내각 타도에 의해 육군내부의 도조파 추방에 선수를 썼지만, 도조파의 잔당을 포함해서 육군주전파의 영향력을 배제하지는 못했다.

여기에서도 궁중·중신그룹은 육군주전파와의 타협의 길을 선택함으로써 정책전환의 기회를 먼저 엿본 것에 불과했다.

그런 의미에서 기도는 육군내부의 양파의 중심에 자리잡아, 당분간은 육군내각에 의한 전쟁지속과 그 과정에서 '종전' 공작의 가능성을 찾으려고 했다. 기도는 권력투쟁을 뒤로 미루고, 책임의 소재를 애매하게 하여, 지배내부의 분열과 대립이 깊어지는 것을 회피하려 했다. 다시 말해, 궁중·중신그룹은 주전파 세력과 타협한 것이다.

고이소 내각의 성립사정

도조 내각의 타도 이유 중의 하나인 적화사상(공산주의사상) 문제를 지적한 고노에는 중신회의에서 "십여 년간 육군 내의 일부에서 좌익사상 있음. 오늘 군관민에 걸쳐 연락을 통하여 좌익혁명을 기도하려고 한다. 이건 패전 이상으로 위험한 것으로, 나 자신은 패전보다도 좌익혁명을 두려워하며 패전은 황실과 국체를 유지할 수 있지만, 혁명은 그렇지 않다."고 발언하고, 이 '좌익혁명'의 가능성과 국체위기의 점에서는 육해군을 포함한 지배계층부가 일체화함으로써 지배태세=천황제의 위기회피를 최우선으로 해야 한다고 설명했다.

적화사상문제에 대한 고노에의 우려는 기본적으로 육군 내 통제파의 불신이 배경에 있었다. 고노에는 통제파가 내걸고 있던 국가총력전체제 또는 고도국방국가론 속에 일방적으로 '공산주의'적인 통제경제사상이나 정치사상의 낌새를 느끼고 있었던 것이다.

고노에의 반 도조 자세에는, 도조의 권한집중에 의한 독단 정치에 대한 반발이 그 바탕에 있었던 것으로 보인다.

그래서 고노에는 반공산주의와 천황제 지상주의의 철저를 설파하는 육군황도파를 지원하고, 육군 내부의 '사회주의·공산주의'적인 사상과 인맥의 배제에 관심을 보이기 시작한다. 또한, 이때도 고이소 내각의 각료인사에 관련해서 히라누마에게 "사상문제나 그 밖의 문제로 봤을 때, 황도파로부터 인재를 채용하는 것은 지금 시점에서 필요하다고 생각된다."(앞의 책 『고노에 일기』 1944년 7월 20일경)고 발언하고, 히라누마도 이에 응하여, 황도파의 중심인물인 아라키 사다오(荒木貞夫)나 야나가와 헤이스케(柳川平助)의 입각을 기대하고 있었다.

그러나 고노에의 반 통제파의 자세는 반드시 철저한 것이 아니었으며, 고이소 개인의 경력이나 인맥에 대한 지식도 충분하지 않았다. 고이소는 그 경력으로부터 통제파의 계열에 속했으며, 총력전체제 구축이라는 과제를 목표로 한 국가총동원 정책 추진자의 한사람으로 군 중앙에서 경력을 쌓아온 군사관료였다. 따라서 고이소는 스기야마, 우메즈에 가까운 인맥에 속해 있었다.

고이소는 고노에가 기대하는 것처럼, 반 통제파의 인맥이 아니었으며, 오히려 도조나 고노에의 발언이 중신회의의 결정에 어느 정도 영향력을 끼쳤는지 검증할 수는 없었지만, 기도의 정치리얼리즘을 보장받은 현실노선과 고노에의 지배 이데올로기의 재확인을 요구하는 좌익혁명위기설 등이 합세해서 고이소 내각을 성립시킨 것이다.

고이소는 지난 날 히라누마 내각과 요나이 내각의 척무(拓務) 대신을 경험했다고는 하지만, 당시 조선에 있었기 때문에, 정계 중앙의 분쟁이나 육군 내부의 항쟁에 직접 관여하지 않았다.

그는 분명히 통제파 인맥에 속해 있었지만, 당시의 정치정세는 명확하지 않았으며 중요한 전쟁지도의 포부가 어떤 것이었는지 전혀 불명확했다. 그런 부분에서, 다른 진영으로부터 형편주의적으로 해석되고 이용될 가능성이 컸다.

요나이가 "좋은 사람이다. 수완도 있다. 배짱도 있다."면서 고이소를 인정하자, 히라누마도 "인물은 크다. 신심이 깊은 사람이다."라고 추천했다(앞의 책『기도 고이치 일기』1944년 7월 18일경). 하지만 추천한 이유로는 육군 내부를 따로 한다면, 정계상층부에 어떤 인맥도 영향력도 없었기 때문에 반대로 필요없는 마찰을 초래할 가능성이 적다고 판단되었기 때문이었다. 고이소 자신은 야심적인 군인정치가였지만, 중앙정계에서는 무난하고 정치성향이 약한 군인관료라는 평가가 정착돼 있었다.

궁중·중신그룹에서 봤을 때, 고이소는 도조 인맥과 직접 관계가 없는 중앙정치에 관해서 완전한 아마추어 정치가로 보여졌고, 그들의 통제력과 영향력을 고이소 내각에 행사하는 것이 비교적 용이하다고 보고 있었다.

한편, 중신들 중에는 고이소 내각을 도조 내각의 아류로 보는 경향도 있었다. 사실 지난 중신회의에서는 후계 내각의 후보자를 첫 번째, 데라우치, 두 번째, 고이소, 세 번째, 하다케로 하는 요나이와 히라누마의 제언에, 하라(原)가 "이대로 한다면 도조와 무엇이 다른가?"(전게『고노에 일기』쇼와 19(1944)년 7월 18일경)라며, 불만을 표시하고 오카다와 히로타가 "동감이다"며 호응했다.

이 3명은 육군내부에서 군력이나 인맥에는 약간의 차이는 있었지만, 결국 육군내각의 지속이라는 점에서 전혀 변화가 없었던 것에 위기의식을 느꼈던 것이다. 스즈키 간타로(鈴木貫太郎) 해군내각이나, 기도 고이치의 기용을 안건의 하나로 생각하고 있던 중신들로부터 본다면, 육군지도의 정치·전쟁지도가 '종전'공작의 지연을 불러오고, 지배층의 혼란과 분열을 초래할 뿐이라고 본 것이다.

그러나 고이소 내각의 도조아류내각설은 궁중·중신그룹 안에서 다수를 점하지는 않았다. 그래도 도조 내각 이후의 정국 운영에 관해, 여러 가지 견해가 얽혀 있어 중신들 사이에 불협화음을 남기게 되었다.

또 육군 내 반 도조파는, 고이소를 통하여 전쟁지도 태세를 재편 강화시켜, 전쟁지속을 또 다시 진행시키려 했다. 그런 의미에서, 고이소 내각은 각 세력의 권력투쟁 사이에서 성립한 내각이며, 그런 점에서 고이소 내각의 정치력은 처음부터 기대되지 않았다.

정권의 일각을 점하다

또 다른 문제는, 도조와 도조파로 지목된 육군주류에 위치하는 인맥의 문제였다. 도조자신은 총사직한 후에도 신내각의 육군대신으로 유임하고, 스스로의 영향력을 남기려고 계획한다. 우메즈나 고이소의 반대로 단념하지만, 육군성 내부에서는 도조의 측근으로 전쟁지속을 주장하는 군무국장·사토(佐藤賢了)와 군무과장·아카마츠(赤松貞夫)가 연이어 실권을 장악했다.

참모총장에 취임한 우메즈 요시지로(梅津美治郎)는, 육군차관 시대에 후임의 육군차관(1938년 5월)으로 도조를 발탁하여 군 중앙에 진출할 기회를 얻은 인물이며, 교육총감 자리에서 육군대신으로 돌아온 스기야마도 도조의 3직 겸임문제로 대립할 때까지는 도조의 유력한 협력자였다.

도조가 고이소 내각의 육군대신으로 유임하려고 시도했지만, 결국 스기야마가 육군대신으로 취임하는 것을 보고, 고노에가 '육군이 구태의연한 데다 스기야마는 로봇과 같아서 도조색은 조금도 바뀌지 않을 것이다.'(전게『호소카와 일기』1944년 7월 22일경)라고 걱정한 것은 일리가 있었다.

이보다 먼저, 예비역에 편입된 고이소를 조선총감에 발탁하여 중앙정계에 진출할 기회를 준 것은 도조였다. 그래서 도조의 후계자로 고이소가 결정되었을 때 도조가 "자신이 그만두면 다음에 배신자가 나오리라고 걱정했지만, 대장(고이소 구니아키를 가리킴)이 나와서 안심했다."(위와 같음, 7월 24일경)고 술한 것은, 고이소 내각이 도조 내각의 전쟁 지속론을 세습하는 내각이며, 도조 자신의 영향력을 발휘할 여지가 있다고 생각했기 때문이다.

그 도조파는 스기야마·우메즈가 육군 내부의 실권을 장악하여 주류를 형성하기에 이르고, 군 중앙으로부터 배제되어 간다. 이 육군내부의 권력 이양과정에서, 결국 '반(反) 도조·비(非) 도조세력'이라는 새로운 전쟁지속파를 형성하게 되었다. 고이소 자신도 새로운 육군내부 세력에게 전쟁지도의 주도권을 빼앗기게 되고, 전쟁지도와 정치지도에 한계를 느끼게 된다.

고이소 내각의 성립 경위에서 천황은 기도의 상소에 따라 당초 제1후보였던 데라우치를 전선으로부터 소환하는 건에서, 그 당시 참모총장이었던 도조에게 작전상의 관계를 하문했다. 도조는 전선의 병사와 대동아공영권제국 및 중립국에 대한 악영향을 이유로, 최전방의 사령관의 소환은 불가능하다고 상소했다(앞의 책 『기도 고이치 일기』 하권, 1944년 7월 18일경).

천황은 도조의 상소에 따라 데라우치의 소환을 단념하고, 고이소를 조선으로부터 소환하기로 한다. 기도는 제1후보의 데라우치가 육군의 본류를 걷는 육군장로이며, 도조 퇴진 후의 새로운 주전파 리더의 등장에 경계심을 품었다.

그래서 데라우치와는 육군 내 파벌차이로 소원했던 도조에게 데라우치의 소환에 대해 난색을 표시하는 상소를 하게하고, 데라우치 내각구상을 부순 것이다. 그 점에서, 고이소 소환은 최종적으로 기도-천황 라인에 의한 창작이라고 할 수 있다.

그러나 기도의 이 정치선택은, 고이소 내각이 그 약체성을 폭로하기에 이르고, 우메즈를 중심으로 하는 육군이 전쟁지속을 고집하여, 진정한 주전파세력을 견고히 함에 따라 오산이라는 것이 명확해졌다. 그 때, 다시 천황의 권위를 이용한 후계 내각선출에 나서게 되는 것은 후술한 대로이다.

고이소 내각은 7월 22일에 성립한다. 이에 앞서, 요나이가 해군대신이 되어 부총리 자격으로 입각이 결정됐다. 이 결정은 천황의 '내의(內意)'라는 형식으로 취임이 확정된다.

연립내각의 배경에는 고이소를 자신의 입각에 척무대신으로 기용한 히라누마와 요나이가 그 인물을 알 정도에 불과했고, 다른 중신들은 고이소에 관해서 지식이 전혀 없는 것과 마찬가지였다. 그런데다, 불안한 마음이 겹쳐져 해군을 배후에 가진 요나이를 입각시켜, 중신·궁중그룹이 육군을 견제해 가는 것이 목적이었다.

히로타는 지난 중신회의에서 육해군 연립내각을 제안하고, 아베를 제외한 중신들의 승인을 받아, 7월 20일 천황은 고이소와 요나이를 동시에 궁중으로 불러, "경들이 협력내각을 조직하라."(앞의 책『기도 고이치 일기』하권, 1944(쇼와 19)년 7월 20일경)며 연립내각을 지시했다.

이 연립내각 구상의 배경에는 내각자체의 약체성에 대한 불안과 그 약체성으로 인해, 육군의 통제에 따를 위험성에 대한 배려가 있었다고 생각된다. 동시에 내각조직에 대해, 천황은 "헌법의 조(条)와 장(章)을 간수해야 하는 것과 대동아전쟁을 완수하기 위해 소련을 자극하지 않도록 할 것"(위와 같음)이라고 주의를 지시한 것은 소련에 대한 경계심을 강하게 의식하고 있었기 때문이다.

이 천황의 발언을 '황도파를 누르려는 어의'(앞의 책『호소카와 일기』1944(쇼와 19)년 7월 22일경)로 보는 고노에의 관측도 있

었다. 그러나 천황은 중립조약의 체결(1941년 4월)국이며 열강
제국 중에서 유일한 비(非) 교전상대국으로, 국제정치상의 창
구로써의 이용가치가 있는 소련과의 접촉을 도모하는 것이 일
본의 고립화를 회피할 하나의 방법이 된다고 본 것이다.

전쟁지속노선을 세습

이 고이소 내각에 대해 당시 육군은 어떤 자세를 보였는지
살펴보자. 그 일단을 알기 위해서는 참모총장본부 편 『패전의
기록』에 7월 22일부로 게재된 "금후의 국정운영에 관한 육군
으로서의 대책"(기초자 불명)이라는 제목의 문서가 참고가 될
것이다.

그 첫 부분의 총론에서 "육군은 여전히 스스로의 전쟁완수
의 중핵, 전쟁지도의 선달로서의 확신 하에 해군을 유도하고
정부를 편달하여 전승을 위해 매진할 필요가 있다. 단지, 세계
정세의 추이와 동향을 끊임없이 관찰하여 전쟁종말에 관한 전
환 시기를 간과해서는 안 된다. 이렇게 하여 현 내각의 시정상
황을 살핀 다음, 좋은 기회를 봐서 계엄을 단행하여 전시태세
를 확립하고 육군이 실질적인 중심이 되어 전쟁완수에 매진할
필요가 있다."(앞의 책 『패전의 기록』)고 기록돼 있다.

기본적으로 고이소 내각을 전쟁완수 내각이라고 정의한 다

음, 상황에 따라 전쟁종결로의 전망을 추구하려는 화전양용(和戰兩用)의 자세를 굳히려고 했던 것이다. 그러나 고이소 내각이 육군에 불리한 조건으로 화평을 지향한다면, 계엄령을 공포하여 완전한 군부정권을 수립하고 어디까지나 전쟁지속의 국내태세를 강행하기로 했다.

또 각론으로써 '대 내각시책'에는 '내각의 성격을 전쟁완수의 일점으로 귀속시켜, 그 제반 정책을 강경하고 활발히 구현함과 동시에, 전쟁 상황에 맞추어 그 정책을 적극적이고 과감히 지도한다'라고 첫머리의 원칙을 강조했다.

고이소 내각에 대해서는 항상 전쟁완수에 대한 자세를 강요·감시함과 동시에 "육군으로서는 조기정변이 있을 경우를 상정하여 비밀리에 대책을 세워 이에 대해 유감이 없기를 기대한다."고 했다. 이건 현 내각의 기반이 비약하여 반드시 장기정권으로는 보지 않았다는 것과, 차기내각에서 한층 더 강력한 전쟁완수 내각조직을 구상하고 있었다는 것을 보여준다.

나아가 '중신시책'의 항에서는 "이번 정변은 중신의 계략에 따른 것으로, 현 내각에 대해서 중신들이 특히 중대한 책임을 진다는 것을 명확히 하여, 그들을 전쟁완수로 밀어붙이는(교묘한 선전공작에 의함) 것과 동시에, 단순히 굴종적이고 화평적인 기운을 엄중히 감시한다."(앞의 책 『패전의 기록』)라고 했다. 도조 내각을 총사직에 몰아붙인 중신들을 정면에서 비판하면서 중신들의 '종전' 공작의 움직임을 경계하는 자세를 표명한 것이다.

그런 내용으로부터, 이 작성자 불명의 문서는 분명히 육군내부의 도조파에 의해 작성된 것으로 보인다. 따라서 이 문서의 내용이 육군전체의 공통인식이라고 서둘러 판단할 수는 없지만, 여전히 도조파나 전쟁지속파의 세력이 유력했던 육군의 실태를 보더라도, 여기에 담긴 내용은 당분간 '종전' 공작을 기도하는 일부 중신들에게 있어 큰 장애가 될 것은 틀림없었다.

당사자 고이소는 전쟁지도에 관하여, "최후의 일전을 승리할 가망성이 없다고는 단언할 수 없다. 가령, 격멸은 못하더라도 일시적인 격파정도는 가능할지도 모른다. 그런 다음 화전(和戰=전쟁을 멈춤)을 결정해도 늦지 않을 것이다."(고이소 구니아키 자서전 간행회 편 『가츠잔코소(葛山鴻爪)』)라며 포부를 말했다.

결국, 고이소도 그 진의는 두고서라도 표면상으로는 일본에 유리한 조건이 형성되기 위해서는 전쟁을 지속하고 전황의 악화를 멈추게 함으로써, 처음으로 '종전' 공작이 현실로 됐다는 판단과 생각을 품었다.

한편, 도조 내각을 총사직에 몰아넣고 고이소 내각을 탄생시킨 중신들의 평판은 내각조직 성립 당시부터 냉담 그 자체였다. 고노에는 고이소 내각의 내무대신 오다치 시게오(大達茂雄)의 "싸움은 절망적이다. 게다가 고이소에게는 어떤 확신도 없다. 내각이 하루빨리 무너져서 화평내각을 만들어야 할 것이다."라는 발언에 대해 "아주 통쾌한 남자다."(앞의 책 『호소카와 일기』1944(쇼와 19)년 7월 26일경)라는 감상을 말하는 등, 사실상 오다치의 고이소 대한 견해에 동조했다.

또한, 고이소 내각의 요나이 해상도 오다테처럼 "신 내각은 전쟁을 지속해 왔기 때문에 휴전 화평은 다음 내각에 맡겨야 한다고 생각한다."(앞의 책 『가츠잔코소』)고 말하고, 고이소 내각을 전쟁지속 내각으로 보고 있었다.

여기부터는 중신들의 도조 내각 타도공작은 반드시 '화평내각' 만들기가 아니라 우선 도조가 대표하는 육군주전파의 세력 배제가 목적이었으며, 고이소 내각에는 '화평'으로의 정책전환이라는 점에서 전혀 기대하지 않았던 것을 엿볼 수 있다.

분명히 고이소 내각은 그 이후에도 전쟁완수를 슬로건으로 내걸어 전쟁정책에 분주한다. 전쟁지속을 부르짖는 반면, 충칭(重慶)을 임시수도로 하여 항일전쟁을 계속하는 중국과 묘핑(Mia Ping) 공작으로 불리는 '화평' 공작을 내각의 사명으로 했지만, 그건 '종전' 공작에 연결되는 것과 같은 전망을 가지는 것이 아니었다.

고이소 내각은 최종적으로 우메즈 참모총장을 대표로 하는 새로운 육군주전파의 전쟁지속노선에 동조하는 전쟁지속내각이며 '화평'으로의 정책전환을 실행하는 것은 처음부터 한계를 가진 내각이었다. 이러한 상황 속에서 '종전' 공작을 향하여 궁중·중신그룹이 일치하기까지는 조금 더 시간을 필요로 한다.

2. 화평 공작과의 관련에서

멀고 먼 화평으로의 움직임

고이소 수상은 9월 7일, 최초의 시정방침연설(제 85회 제국회의)에서 당면 시책으로 전의고양과 필승국가태세의 확립, 전력의 증강, 식량증산 및 국민생활의 안정, 노무와 국민동원의 철저, 국토방위의 강화, 과학기술의 동원활용 등 6항목을 들었다. 다시 말해, 전쟁의 지속을 명확히 타진하여 악화가 계속되는 전황의 재정립에 전력을 주력하기로 한다.

고이소 수상은 국내의 군수생산능력의 핍박과 육해군 전력의 소모라는 상황 하에서 전쟁지속을 관철하는 이상, 내각을 중심으로 한 거국일치에 의한 강력한 전쟁지도태세의 정비가 필요하다고 생각한 것이다.

종래 일본의 전쟁지도는 참모본부가 주도권을 쥐는 작전지도 우위에서 진행돼 왔다. 그러나 국가의 총력이 열쇠가 되는 국가총력전은 국무와 통수의 긴밀한 협력관계가 불가결했다.

그런 관점에서도 지난 도조 내각에서는 도조 수상의 육군대신, 참모총장의 3직 겸임, 시마다 해상의 군령부총장의 겸임이라는 인사 관계를 매개로 하여, 말하자면 정전양략(政戰兩略)의 일치가 시도되었다. 그러나 겸임에 따른 세부권한의 하부위임이 전혀 없었기 때문에 실패로 끝난다.

고이소 수상도 같은 관점에서 전황이 절박하다는 이유로, 수상·외상·육상·해상·참모총장·군령부총장을 구성원으로 하는 최고전쟁지도회의의 설치를 기도한다. 그건 정식 법제기관으로 설치되어(1944년 8월 5일) '전쟁지도의 근본방침의 책정 및 정략과 전략의 대립(불일치)의 조정에 임한다'는 역할을 맡았다.

최고전쟁지도회의는 종래의 국무인 대본영정부연락회의와 통수의 협력기관을 이어받은 것이었지만, 거기에서의 통수부의 우위성에 특별한 변화는 없었으며, 대본영정부연락회의와 같은 한계를 가지고 있었다. 그래서 내각이 실질적 의미에서 주도권을 쥐고 전쟁지도를 전개할 가능성은 희박하며, 여전히 전쟁지도의 실권은 통수권 독립제도를 방패로 한 통수부가 장악한 상태였다.

최고전쟁지도회의는 8월 19일의 어전회의에서 '앞으로 취해야 할 전쟁지도의 대요강'을 결정한다. 그 석상에서 고이소 수상 스스로가 금후의 전쟁지도의 기본방침의 설명에서 "첫째, 제국은 현재 보유전력 및 올해 말까지 전력화할 수 있는 국력을 철저히 결집하여 적을 격파하고 적의 계전의사를 무너뜨릴 것, 둘째, 제국은 앞 항목의 기도의 성불 및 국제정세의 이하에 구애하지 말고 일억이 철석같은 단결 하에서 필승을 확신하여 황토(皇土, 천황의 영토)를 보호하여 마지막까지 전쟁의 완수를 기할 것, 셋째, 전 2항과 병행하여 제국은 철저한 대외대책에 의해 세계전 정국의 호전을 기할 것"(앞의 책『패전의 기록』)에 있다고 설명하고, 다시 전쟁지속의 방침을 명확히 했다.

제 1항은 육해군병력의 총력을 기울여 태평양방면에서 미군에 결전을 임하려고 한 것이며, 제 2항은 국민의 전의고양의 부족을 시정하기 위해, '국체보존 정신의 각성'이나 '심한 적개심 만들기'에 주안을 두기로 했다. 이 목적을 위해서는 '적의 계전의사를 부순다'는 기도의 성패에 관계없이 '어디까지나 전쟁의 완수를 기할 것'이라며 전쟁목적이 '황토'의 '호지'라는 일점에 모아진다는 것이다.

이런 절망적인 전쟁에 최후까지 국민을 보내, 철저항전의 이름으로 전쟁정책을 밀어붙이려고 한 것이다. 제 3항은 소련 및 중국과의 외교 교섭의 촉진을 기도한 것이기도 하였다.

이처럼 기본방침의 특징은 일본의 전력 및 국내군수생산능력이 바닥이 난 상태를 변함없이 무시하고 오로지 주관적이며 희망적인 관점에서의 일본의 형편에 맞춘 방침을 제시한 것이었다.

무엇보다도 실제로는 현실을 직시할 만한 여유도 용기도 지도부에 없었으며, 말만 선행하는 실태도 합리성도 없는 작문에 불과했다. 그건 동시에 정치·군사지도자들의 무책임함의 표출이기도 했다.

단지, 결정된 대강에는 "만일 독일이 붕괴되거나 단독화평을 할 경우에는 기회를 잃지 말고 소련을 이용하여 정세의 호전을 위해 노력한다"(앞의 책 『패전의 기록』)고 기록되어 있으며, 소련을 중개역으로 하여 연합국 측과의 교섭을 개시하고 독일 패배 후에 예측되는 독립화를 회피할 마음이 있다는 것을 암시하고 있었다.

그러나 여기에서 '화평'이라는 용어는 사용되지 않았다. 전쟁지도와 정치지도의 방침을 집약한 공식문서인 대요강에도 '화평'에 대한 모색이나 의욕이 구체적으로 제시되지 않았다는 것은, 고이소 내각 스스로가 또 통수 측으로부터의 '화평'이나 '종전'에 대한 정책전환이 표면 무대에서 펼쳐질 가능성이 없다는 것을 나타내는 것이었다.

'화평'공작의 조짐

대강에는 실리지 않았지만 최고전쟁지도회의에서는 일종

의 '화평' 공작 안이 검토되고 있었다. 이를테면 '앞으로 취해야 할 전쟁지도의 대강' 작성과정에서 토의 참고자료로 작성된 '금후 취해야 할 전쟁지도의 대강에 기초하는 대외전략지도요령안'(쇼와 19(1944)년 8월 8일 성부주무자 (省部主務者)안)의 단계에서는 그 제 1항의 '대(對) 소련, 적극적 지지 방책'으로 '1 대개 이번 가을쯤을 그 결실의 시기로 보고, 소련을 이용하여 제국과 중칭(연안(延安)을 포함함)과의 종전을, 어쩔 수 없지만 연안정권과의 정전타협을 알선하고 독일과 소련에 대해 '독소' 간의 국교회복을 권장한다. 2 신속히 유력한 제국사절을 먼저 소련에 파견한다. 그 출발 시기는 늦어도 8월 하순으로 예정한다'(위와 같음)고 기술돼 있었다.

소련을 중개로 하는 중국과의 전쟁종결에 관한 교섭을 개시하고 이에 병행하여, 이것이 중개역이 되어 소련과 독일의 국교회복에도 노력했다. 그렇게 함으로써 일본이 고립되는 것을 회피하고 국제정치의 무대에서 일정한 역할을 확보하려고 한 것이었다.

소련을 중개역으로 하는 '화평' 공작에 관해서는 외무성 사이드에서도 그때그때 검토가 진행되고 있었지만, 기본적인 외교 방침의 첫째에 중일 중립조약의 유지에 의한 일소 관계의 현상고정화와 독소 화평의 추진이 목적이었으며, 육군 내에 존재하는 독소 화평의 알선과 소련을 중개역으로 하는 일본과 연합국 측과의 화평교섭의 전개라는 구상에 관해서는 외무성이나 주일 소련대사·사토(佐藤尙武) 등과의 사이에는 비현실적이라는 분위기가 농후했다.

9월 28일, 최고전쟁지도회의가 책정된 '대 소련 시책에 관한 건(안)'에는 대 소련외교의 기본적 목표가 소련을 이용하여 대일제휴를 중심으로 하는 동아(東亞)의 안정을 이해시켜 제국의 세계정변의 동조에 노력할 것'(위와 같음)에 있다고 했다.

그건 거의 국제인식을 결여한 정세판단 위에 세워진 것이었으며, 외교의식에서 보더라도 탁상공론과도 비슷한 내용이었다. 대 중국 외교에 관해서는 8월 30일에 최고전쟁지도회의가 「대 충칭 정치공작 실시요강」을 책정하여 그 구체화에 나선다.

그러나 그 구체적 내용은 「대(對) 충칭 정치공작 실시에 관한 건」(9월 5일)에 관하여 「대 충칭 정치공작은 대동아전쟁 완수를 위해 신속히 충칭정권의 대일항전을 종료시키는 것에 주안을 둔다」(위와 같음)라고 한 것처럼, 일방적이고 낙관적주의적인 착상을 배경으로 한 것으로, 중국 측의 항일의식의 강함과 중국전선에서의 일본군의 불리한 입장을 완전히 무시한 것이었다.

거기에서는 화평조약으로 '완전한 평등조약에 의거하는 것을 표면상의 방침'으로 한다고 돼 있지만, 중국전선이나 아시아·태평양 전역에서 붕괴직전의 일본군의 현상으로 보더라도 이 또한 대소외교와 같이 '평등조약'의 성립은 일본 측의 형편에만 맞춘 너무나도 비현실적인 구상에 지나지 않았다.

이어서 9월 6일, 고이소 수상, 우메즈 참모총장, 오이카와 고시로 군령부총장 등이 충칭공작의 계획에 관하여 상소했을 때, 천황은 「1.충칭공작은 우리제국의 약점을 폭로하는 것과 같은 것이다 2.중심공작의 성공의 가능성이 보인다 3.군의 사기에 영향을 끼치지 않게 할 것」(위와 도일) 등을 하문했다.

여기서부터는 천황이나 충칭공작에 회의적이고 무엇보다도 '화평' 공작으로써의 충칭공작이 중국 측에게 '약점을 폭로한다'는 것에 대한 경계심을 품고 있으면서도 교착상태에 있던 중국전선의 타개를 위해 충칭공작에 기대할 수밖에 없었던 힘든 심경을 엿볼 수 있다.

나아가 천황은 3일후의 9일, 고이소 수상에 대해서도 「지난 충칭공작에 관한 상소가 있지만 본건은 극히 중대한 것으로써 단순한 모략에 끝나는 일 없이 어디까지나 왕도로써 제국의 신의를 위해 철저히 하는 것을 주로 일시적 효과만을 가지고 만족해서는 안 되며 영원한 성과를 거두기 위해 충분히 신중을 기해야 할 것이다」(위와 같음)라고 말하고 앞으로의 대 충칭공작에 대한 적극적인 자세를 보이는 기대감조차도 표명했다.

중국전선의 한계와 태평양전선에서의 일본군의 붕괴를 목 전에 둔 상황 속에서 천황은 충칭공작에 미미한 희망을 걸고 있었지만 '제국의 신의의 향방을 철저히 한다'는 것을 조건으로 건 외교교섭에 기대하는 이상, 역시 무리한 주문이었다.

여기서부터는 천황과 고이소 내각이 일본의 놓인 현실을 직시하고 현실적인 대응 속에서 얼마나 진지하게 교섭의 성립에 노력했는지는 아주 의문스럽다.

이 대 충칭공작은 그 후, 육군내부에서 이시하라(石原莞爾) 예비역중장 등이 중심이 되어, 왕자오밍(汪兆銘) 정권의 입법원 부원장이었던 무빈(繆斌)을 통하여 장개석과의 화평교섭을 추진하려는 공작이 되고 그것이 현실화되었다.

교섭은 일단 개시되었지만 교섭의 전제로 왕자오밍 정권부인의 조건을 둘러싼 정계상층부의 강한 반대에 싸인다. 이 '무빈공작'이 도중에 좌절하게 되자, 고이소 내각은 이 문제를 둘러싼 각내(閣內) 불일치가 원인이 되어 총사직으로 몰리게 된 것이다.

국체보존의 논리

마리아나 함락에 의한 '절대국방권'의 파탄이 명확해지자마자 7월 28일(1944년), 대본영 육해군부는 새로운 작전방침을 정한 '육해군 후의 작전지도대강'을 책정한다.

그 후의 작전에서는 본토·남서제도·대만·필리핀 방면을 다음 결전터로 상정하고, 이들 지역에 미군의 진공이 있을 경우에는 '쇼고(捷号)작전'을 발동하기로 했다. 대본영육군군부는 '쇼고작전'의 발동에 맞추어 본격준비에 들어갔다. 그러나 예상보다 빨리 미군의 진공은 그 해 10월 10일에는 오키나와, 13일에는 대만이 공습당했다.

이어서 미군은 17일에 필리핀의 레이테 섬에 상륙을 감행한다. 대본영육해군부는 다음 18일에 '쇼고작전'을 발동하여 육해군의 총력을 걸고 결전에 임했다. 고이소 수상은 레이테 결전을 '천황산'으로 칭하고, 여기에 전쟁의 재기를 시도했다.

고이소는 전후에 그 당시의 심경을 스가모 구치소에서 술한 『가츠잔코소』안에서, '이겼을 때 휴전화평에 들어가기 전에 한 번이라도 좋으니 이겼으면 하는 염원을 가지고' '천황산'이라고 칭했다고 설명했다.

여기에서는 고이소 자신도 전쟁에서 유리한 조건을 형성하기 위해, 전력과 국력의 소모도를 도외시하고, 이길 수 없는 무모한 전쟁을 감히 계속하려고 한 것을 알 수 있다. 거기에는 전쟁의 지속으로 인해 국민들에게 보다 많은 희생을 강요한 결과가 된 것에 대한 배려나 의구심은 미진조차도 느껴지지 않는다.

특공대까지 투입한 해군은 레이테 해역 해전에서 전함 무사시나 남은 항공모함 전부를 상실하는 등 해군전력은 괴멸적인 피해를 받게 됐다. 해군도 레이테 섬에 파견된 주력부대를 실은 많은 수송선이 미군의 손에 의해 침몰되고, 그 병력이 거의 다 손실되는 등, 전쟁의 추세는 처음부터 명확했다.

이를 본 통수부는 독단으로 레이테 작전을 그만두고, 루손 섬을 새로운 결전터로 하는 등, 작전은 전전긍긍했다. 이 작전 변경의 경위를 전혀 알지 못했던 고이소 수상은 천황으로부터 "고이소는 레이테 결전은 천황산이라고 했지만 어떻게 하지?"라고 어려운 질문을 받고, "천황산은 지금 레이테에서 루손 섬으로 이동했다"고 라디오 방송을 하는 실태를 연기할 정도였다(앞의 책『가츠잔코소』).

전황의 악화는 한층 더 가속되어 갔지만, 이 레이테 섬에서의 대패배와 전후하여 중신이나 황족의 언동에는 전쟁 악화의 상태에 따라 '국체'의 위기도래라는 의식이 반복되어 간다.

이를테면, 가요미야는 고노에와의 면담에서 "더 이상 작전을 계속하는 것은 우리 국체를 상처 입힐 뿐으로 어떤 이익도 없기 때문에 중신들은 전환하도록 노력해야 한다"(앞의 책『호소카와 일기』쇼와 19(1944)년 9월 4일경)는 필요성에 대한 발언을 했다. 전국의 악화와 국체의 위기가 표리일체의 문제로 파악되고, 전쟁의 종결보다도 국체보존을 둘러싼 문제에 비중이

크게 기울어졌던 점에 대해 주목할 수 있다.

이처럼 다카마츠노미야도 "전쟁종결 대책의 안목은 국체보존에 있다. 옥쇄로는 국체를 지킬 수 없다. 또 옥쇄라고 해도, 여자들까지도 옥쇄할 수는 없다."(다카마츠노미야 전하 1944년 9월 17일경 앞의 책 『다카기소키치 일기와 정보』 하권)라며, 전쟁종결에의 정책전환은 결국 국체보존을 목적으로 한다는 것을 분명히 말했다.

그리고 '칠생보국, 죽기 살기로 황실을 옹호할 대결의가 필요하다. 이대로는 죽고 싶어도 죽을 수 없는 마음이니 살아남아 참아내는 마음이 필요하다. 칠생보국의 말이 있는 이상 국민들이 이해한다고 생각한다.'(위와 같음)고 말하고, 안이한 '옥쇄'론을 비판하고 국민들이 황실옹호=국체보존을 향해 죽을 힘을 다할 필요가 있다고 했다.

국체보존을 위해 국민의 생명이 어떠한 희생을 치루더라도 그 의미가 있다는 전제하에서, 그 희생위에 서서 전황을 호전시키고 전쟁종결로의 길을 시급히 찾는 것이 국체보존의 지름길이라는 논리를 전개한 것이다. 이 논리는 다카마츠노미야 혼자만이 아니라, 궁중·중신그룹이 그 이후 전개해 갈 '종전' 공작의 근저에 맥맥히 흐르는 국체보존의 논리이기도 했다.

전황의 악화와 더불어 전쟁터에서의 이어지는 '옥쇄'의 출현은, 정계상층부의 지도자로서 국체보존 앞에서는 수단을 가리지 않는다는 사면초가의 심정을 나타내고 있다.

도조 타도공작의 중심인물의 한사람이었던 오카다 게이스케는 '단지, 지금 상태로는 일억옥쇄하여 국체를 지키려는 결심과 각오로 국민의 사기를 고양시켜 그 결속을 단단히 하는 방법 이외는 없다.'며 다카마츠노미야와 같이, 국민의 희생위에 선 국체보존의 철저를 설하고, 또 '만약 그간에 적당한 기회와 방책이 있다면 그건 정부의 수단에 맡겨야 할 것이며, 그 때까지는 생각해서도 말해서도 안 된다고 믿는다.'(오카다 게이스케 대장 의견, 1944년 9월 14일경 앞의 책『다카기 소키치 일기와 정보』하권)라고까지 했다.

도조 내각 타도공작은 오카다에게 있어 어떤 존재였을까? '전쟁종결'을 향한 정책전환의 일대계기가 아니었을까? 아무튼 오카다의 발언은 중신·궁중그룹 또는 정계상층부에 위치하는 인물의 '전쟁종결' 구상이 국체보존=천황제 지배체제유지를 위한 마지막 선택이었으며, 결코 참화로 고뇌하는 국민을 구하기 위한 정치선택이 아니었다는 것을 자기 스스로 증언한 것이었다.

단호한 천황의 계전의사

정계 상층부가 국민의 '일억옥쇄'와 맞바꾸어 어디까지나 국체보존에 집착하는 자세를 한층 노골적으로 나타내는 한편, 천황도 가속되는 전황 악화에 초조감을 보이고 있었다. 그러나 천황은 어디까지나 전의를 상실하지 않고 기본적으로는 일대전과를 올리지 않은 상태에서 전쟁종결에 대한 결단을 내리려는 의사는 전혀 없었다고 해도 좋다.

고이소 내각 성립전인 사이판 함락 후에 천황은 '이번 작전은 국가의 흥망에 관한 중대한 것이기에 일본해 해전과 같은 훌륭한 전과를 올릴 작전부대의 분투를 바란다.'(방위연수소전사실 편 『전사업서 대본영해군부 · 연합함대(6)』)라고 해군을 격려하고 작전에 대한 불만을 숨기지 않았다.

이어서 천황은 8월 23일에 전국의 도도부현의 지사들을 모은 지방장관회의에서 '전황이 위급하여 황국의 흥망이 걸려 있는 지금에 있어, 너희 지방장관들이 한층 더 민중들을 격려하고 이끌어 관민일체 전력을 물심양면으로 충실히 하여 황실의 운기를 부상시켜야 할 것이다.'(앞의 책 『한 황족의 전쟁일기』)는 '말씀'을 내렸다.

그건 국체의 존망의 상황에 있는 것에 대한 천황 자신의 심각한 위기의식을 나타낸 것이며, 존망의 위기를 회피하기 위해 천황은 '물심양면으로 충실'하라고 했다. 그러나 국력이 이미 바닥에 내려앉은 현실에서 본다면 도저히 무리한 요청이었다.

'말씀' 속의 '황국의 흥패가 이어져 오늘날이 있다'는 문구에 나타난 천황의 비장감과 결전의식은 9월 7일에 개회된 제85 임시의회 개원식 칙어 중에서도 '적의 반항이 작렬하여 전황이 더욱 위급해진 황국이 그 총력을 다해 승리를 결정하는 기회가 바로 오늘에 있다.'(센다 가코(千田夏光) 『천황과 칙어와 쇼와사』)라는 문장에서 반복된다.

천황의 일본군의 현 상태를 무시한 결전의 호령은 레이테해전에서의 해군특공대의 투입과 과대하게 전달된 전과에 '그렇게까지 하지 않으면 안 되는가. 그러나 잘 했다.'는 감상으로 이어져 간다.

천황은 특공대에 의한 공격 등을 통하여, 죽을 각오를 한 전법조차도 동원하여 미군에 일격을 가하고 조금이라도 유리한 '종전' 공작의 조건을 만들어 전쟁종결로 이어가려고 했다. 전황의 추이나 작전의 성과를 누구보다도 숙지하고 높은 위치에서 합리적인 판단을 내릴 수 있는 천황이 일부러 무모한 결전의 지속에 대해 이 만큼이나 집념을 품어온 것은, 말할 필요도 없이 패전에 의한 국체=천황제 지배체제의 붕괴에 대한 위기의식이 배경에 있었기 때문이다.

그래서 전쟁지속에 의한 전과의 획득보다 외교충돌에 의한 국체보존의 확약을 받으려는 착상이 적어도 이 시점에서는 희박했다는 것을 보여준다.

이러한 한계 상황 속에서, 식량부족을 보충하기 위해 전국의 초등학생들에게 '굴밤 채집령'(1944년 11월 1일)을 내리는 등, 국내의 전시태세에도 그늘이 보이기 시작한 연말의 12월 26일에 개최된 제86의회의 개원식 칙어에서 천황은 다시 '지금은 전쟁의 상황이 위급하므로 억조일심(億兆一心)하여, 전력을 쏟아 적을 격퇴해야 할 시기다. 짐은 신민의 충성과 용기를 믿고 조속히 전쟁의 목적을 완수하길 바란다.'(앞의 책『천황과 칙어와 쇼와사』)며 반복해서 전쟁의 지속을 독려했다.

전쟁지속이 천황의 칙어라는 형태로 제삼에 걸쳐 명언된 것은 전쟁터에서 병사들을 계속해서 절망적인 전투로 몰아넣게 됐다. 그건 또 국내 전쟁태세의 강화를 결속하고 심대한 희생을 거듭하는 결과를 초래한 것은 말할 필요도 없다.

그와 동시에 레이테 해(海) 해전을 대표로 일본의 패배가 연속되는 데도 불구하고 전쟁종결로의 움직임이 둔화되면서 공공연히 '화평'을 입에 담을 분위기가 정계상층부에서도 거의 들리지 않을 정도의 상황이 된다.

그 이듬해 1945(쇼와 20)년에 들어 천황의 계전의사를 받는 형태로 우선 대본영 육해군부는 1월 20일에 '제국 육해군 작전 대강'을 수정하여 오키나와를 제외한 홋카이도 · 혼슈 · 시코쿠 · 규슈 4도(島)의 유지를 목적으로 하여 8월까지 육군 240만 명, 해군 30만 명, 합계 270만 명에 이르는 본토방위군을 편성할 계획을 책정했다.

이어서 최고전쟁지도회의는 1월 18일에 방공능력의 정비나 군수공장의 분산 소개(疎開)를 목적으로 한 '긴급시책조치요강'을 나아가 동월 25일에는 '결전비상조치요강'을 연이어 책정했다.

'결전비상조치요강'의 제 1조에는, '제국 금후의 국내시책은 시급히 물심일절을 집결하여 국가총동원의 실효를 올리는 것으로 승리를 위해, 어디까지나 끝까지 싸워가는 확고한 기초태세를 확립하는 것에 있다.'(『패전의 기록』)라고 기록돼 있다.

말 그대로, 천황의 계전의사를 충실히 실행해야 할 작전계획이 짜여져 '본토 결전'이라는 이름하에 오키나와를 포함하여 전국민이 전쟁터에서 군수공장에 통째로 동원돼 가는 상황이 철저해져 간다.

이 천황의 확고부동한 계전의사는, 3월 9일부터 10일에 걸쳐 사망자 8,400명에 이르는 심대한 희생자를 낸 동경대공습을 경험한 뒤에도 전혀 약해지지 않았다. 천황의 뇌리에는 오로지 전쟁의 승리에 의한 국체보존만이 들어 있었다.

3. 변화하는 천황의 계전의사

육군에 동조하는 기도

패전의 해인 1945(쇼와 20)년에 들어와서, 정계 상층내부와 그 주변에서는 수면하에서 전쟁종결을 모색하는 움직임이 연이어 존재했지만, 천황을 움직일 수 있는 존재는 다카마츠노미야 등의 동생 궁이나 고노에 등의 일부 중신에 한해 있었다.

이보다 먼저, 육해군 당국자에 대한 전국의 향방에 대한 하문에 육해군 양 통수부 부장이 전체의 상황으로 봤을 때, 비관적인 보고를 올리면서 최종적으로는 반격의 여지가 있다는 판단을 보였다. 그것이 천황의 계전의사의 근거가 됨과 동시에, '전쟁 종결'에 대해 여전히 신중한 자세를 굽히지 않았던 것이다.

이 시기의 천황은, 전쟁 종결의 준비를 진행해야 한다는 황족들의 의견에는 귀를 기울이지 않고 전쟁에 대한 불안과 동요 속에서 초조함을 숨기지 않았다.

그 다카마츠노미야는 천황의 계전의사에 의구심을 품고 있었으며, 전쟁 종결에 대한 정책전환이 급하다고 판단하고 있었다. 그러나 당시, 정책전환의 열쇠를 가지고 있던 것으로 보여진 기도에 대해서는 육군과의 친밀한 관계에 대해 의구심을 품고 있었다.

이를테면, 다카마츠노미야는 기도의 동향에 대해 '기도는 대단한 자가 아니며 기도를 바꾸면 금방이라도 화평이 올 거라고 생각하는 것은 큰 잘못이다.'(앞의 책 『호소카와 일기』 1945년 2월 21일경)고 말하고, 전쟁 종결로 이어지는 움직임은 기도의 동향에 따른다는 당시의 정계상층부의 분위기를 비판했다.

사실 기도는, 이 시점에서 여전히 육군의 역량을 평가하고 있었고, 그 군을 버리고 조급히 궁중·중신그룹을 주체로 하는 정책전환을 단행하는 것을 시기상조라고 본 것이다. 그 증거로 같은 해 1월 6일, 미군의 필리핀 루손 섬으로의 상륙이 예측되자, 계전의사가 강했던 천황이 전황의 악화에 대해, '중신 등의 의향을 듣지 않아도 된다고 생각하는데 어떻습니까?'라는 기도의 질문에 동의하면서도, '우선 수일간의 추이를 보려고 생각합니다.'(이상 『기도 고이치 일기』 하권, 1945年 1월 6일경)라고 대답하고, 또 같은 달 13일에도 천황의 중신에 대한 의견청취의 제안에도 '잘 생각한 후 대답을 드린다'(위와 같음, 1945년 1월 13일경)라고 일기에 기록했다.

기도는 천황의 중신에 대한 의견청취라는 제안을 우려하여 신중하고 소극적인 태도를 계속 취했다. 기도로서는 중신과 천

황의 과도한 접촉으로 인해, 군을 자극하는 것을 경계하는 의미
이기도 했다. 한편, 결정적으로 군 세력이 후퇴하는 시간을 벌
기 위해, 표면상 군부의 전쟁지속론에 동조한 것으로 생각된다.

그러나 기도의 판단이 어떻든 간에, 군부의 전쟁지속방침
을 사실상 묵인한 것은 변함이 없었다. 말하자면, 기도는 군을
철저하게 싸우게 하여 전력의 저하에 따르는 군의 위신저하
를 기다려 중신·궁중그룹을 주체로 하는 정책전환을 기도하
여 국체보존을 보증하는 전쟁종결로 가져가려고 한 것이다.

그러나 고노에는 주전파 군부의 전쟁지속론에 비판적이었
으며 국체보존에 관해서도 강한 위기감을 표명하게 된다.

2월 14일, 고노에는 천황을 배알하고 다음과 같이 상소를
올렸다.

즉 "패전(이 말은 언어상의 위기로 고쳐짐)은 유감스럽지만 빠
른 시일 안에 반드시 온다고 본다." 이하, 이 전제하에 말한다.
패전은 우리 국체의 대위기가 되겠지만, 영미의 여론은 오늘
날까지 국체의 변경까지는 진행되지 않았다(물론 일부에는 과격
론이 있으며 또 장래에 얼마나 변화할 지는 추측하기 어렵다). 따라서
패전만이라면 국체상으로는 그렇게 걱정할 필요가 없다고 본
다."(앞의 책『호소카와 일기』쇼와 20(1945)년 3월 4일경)고 술했다.

즉, 패전의 위기보다도 패전을 기회로 생길지도 모르는 공
산주의 혁명과 국체파괴의 위기를 강조했다. 이것이 유명한

고노에 상소문의 일절이다.

고노에 상소문과 천황의 반응

천황은 이 고노에 상소문에 관해서 고노에와 다음과 같이 주고받았다. 우선 천황은 국체보존 문제에 대해 "군부는, 미국은 국체 변혁까지 생각하고 있는 것 같은데 그 점은 어떤가?"라며 일본이 패전한다면 국체 변혁, 즉 천황의 해체를 요구할 것이라는 군부 사이드의 정보의 진상을 캐물었다. 이에 대해 고노에는 "군부는 국민의 전의를 고양시키기 위해서는 강하게 말해야 한다고 생각한다. 그릅의 본심은 왼쪽에 있지 않다고 믿는다"고 답했다.

결국 고노에는 미국의 전쟁처리가 국체변혁에 이르지 못한다는 판단을 당시 미국국무성의 국무차관의 요직에 있었던 전 미국 주일대사의 조셉·글루(Joseph C Grew)의 언동을 바탕으로 나타냈다. 그에 따라 패전=미국의 국체변혁의 강요라는 예측위에 서서 전쟁지속을 주장하는 군부의 판단은 잘못이라고 했다.

또 고노에는 현재의 육군수뇌부가 통제파계 인물로 점유되어 있는 상태를 비판하고, 그로 인해 주전파세력을 형성하고 있다는 인식을 바탕으로 육군수뇌부의 일소를 도모하는 소위

군숙청 단행을 제안했다. 천황으로부터 그 구체적인 방법을 질문 받은 것에 대해, 고노에는 마자키(真崎勘三郞), 오바타(小畑敏四郞), 야마시타(山下奉文) 등 황도파에 속하는 인물의 기용을 제안했다.

고노에는 군의 주전파를 구성하는 통제파계의 군사관료 중에는 공산주의적인 사상경향을 가진 인물이 있으며, 이를 배제하는 것이 국체파괴의 위험을 회피하고 전쟁종결의 결정타가 된다고 했다.

그를 위해서는 우선 통제파에 대립하는 황도파의 사람들을 기용할 필요가 있으며, 천황은 이 고노에의 제안에 "다시 한번 전과를 올리지 않고서는 좀처럼 이야기하기 어렵다고 생각된다."고 사실상 부정적인 견해를 분명히 하고, 군부세력이 말하는 결전의 단행에 의한 전국의 재기(再起)에 집착하는 자세를 보였다.

그 천황에 가까운 고노에는 "그러한 전과가 오른다면 정말 좋겠지만, 그런 시기가 있겠습니까? 이것도 가까운 장래가 아니면 안 되며, 반년이나 1년 후에는 도움이 되지 않으리라 생각합니다."고 전국의 재기에 비관적인 견해를 술하는 것에 멈춘다.

고노에가 상소문에서 국체보존을 궁극적인 목적으로 한다면 조기의 전쟁종결의 방도를 구해야 한다고 강조한 것은 이것만이 천황제 지배체제를 유지하는 최량의 계책이라는 판단을 보이고 싶었기 때문이었다.

그러나 군부 내의 주전파에 대한 신뢰를 버리지 않았던 천황은 그러한 고노에의 걱정을 받아들이고, 그 정치판단에 동의하는 심경에까지는 도달하지 않았다.

분명히 천황도 고노에와의 회견에서 "우메즈(참모총장)는 미국은 우리 황실을 말살할 의도가 있다고 하지만 나 자신은 의문스럽게 생각한다."고 역설한 것처럼 반드시 군의 정보를 전폭적으로 신뢰한 것은 아니었다.

그러나 이어서 "육해군의 공동 적을 대만해로 유인한다면 이에 큰 타격을 입혀서 그후 종결을 해도 좋다고 생각한다."는 판단을 보였다. 이건 당시의 육해군이 상황에 대한 인식이 가볍고 비현실적인, 말하자면 도박에 가까운 몸을 버릴 각오로 작전에 대한 기대감을 표명한 것이었다(이상, 앞의 책『호소카와 일기』1945년 3월 4일경).

천황의 전쟁지속에 대한 집착은 다카마츠노미야가 "어상은 전쟁에 대해 대단한 자신감을 가지고 있어 옆에서 말해도 그렇게 간단히 움직이지 않을 것이다."(위와 같음. 쇼와 20(1945)년 3월 6일경)라고 한탄한 것처럼 이 시기 천황은 전국의 악화에 대한 동요와 불안에서인지 한층 더 경직된 자세를 취했다.

다카마츠노미야가 말하는 '정치에 관한 대단한 자신감'이란 그러한 천황의 경직된 자세에 대한 야유 또는 비판적 언사

였던 것이다.

무모한 전쟁지도

천황의 경직된 자세는 공습을 빼고 유일하게 국토가 전쟁터로 된 오키나와 전을 초래하게 된다. 필리핀 공략에 성공한 미군은 결국 3월 26일 새벽, 오키나와 본토의 나하(那覇) 서쪽 30킬로미터에 위치하는 게라마 제도에 상륙하여 오키나와 전이 시작됐다.

오키나와는 마리아나 제도가 미군에 점령된(1944년 7월) 후, 미군의 일본본토 공략작전의 최후의 장애로써 급속히 그 전략적 가치가 수정되게 된다. 그래서 1944년 3월에 신설된 항공기지의 방위를 임무로 하는 제 32사단(남서제도 수비군)은 동년 9월말까지 4개 사단과 5개 혼성여단을 기간으로 하는 18만 명의 지상병력을 가진 대부대가 됐다. 제 32군의 부대는 비행장 건설에 동원되어 미군이 오키나와 침공까지 제 32군의 직할로 합계 15곳의 육해군 비행장을 완성시켰다.

대본영 육해군부는 오키나와 전에서 항공제일주의를 채용하고 미 기동대부대가 본토침공하기 이전에 항공공격에 의해 격파하려는 작전구상을 짰다. 그 구상은 레이테 결전패배(동년 10월) 후에도 기본적으로는 변경이 없으며 오키나와는 항공전의 전진 거점으로 자리를 잡았다.

단지 군 중앙에서는 레이테 패전 후에 본토결전 구상이 농후해지는 속에서 오키나와는 미군의 침공을 늦추기 위한 '버림돌'로 보여지게 된 것이다.

한편, 제 32군은 군중앙의 항공 제일주의의 작전구상과 달리 육군 제일주의를 채용하여 오키나와 본토에 미군을 끌어들여 지상전에 의해 결전을 실행하려고 했다. 그래서 오키나와의 전부대가 동굴진지 등을 구축하고 자연의 호(가마) 등을 이용하여 가능한 한 미군에 출혈을 강요하는 작전을 준비하고 있었다.

사실, 제 32군은 4월 1일에 오키나와 본토로의 미군상륙과 동시에 중(中) 비행장(가데나)와 북 비행장(요미탄)이 점령되어도 본격적인 공세로 나오려고 하지 않고 오로지 반격의 기회를 기다리면서 지구전에 들어갔다.

이에 대해 대본영 육군부 및 제 32군이 소속하는 제 10군 방면군은 2비행장의 함락에 놀라 비행장의 탈환과 상륙한 미군에 대한 공세를 개시하려고 제 32군을 재촉했다.

그런 한편, 참모본부의 작전부장·미야자키(宮崎周一) 중장은 4월 2일에 개최된 대본영작전연락회의석상에서 "결국 적에 점령되어 본토침입은 필사적이다."(앞의 책 『대본영기밀일지』 신판, 쇼와 20년 4월 2일경)이라며 오키나와 함락을 예측하고 오

키나와 전을 '최후의 결전'으로 보고 있었던 해군과의 사이에
큰 차이를 보여주었다.

반대로 천황은 예상외의 빠른 속도로 미군상륙을 허락한 제
32군에 대해 강한 불만을 품고 4월 3일에 우메즈 참모총장에게
"이번 전쟁이 불리해지면 육해군은 국민의 신뢰를 잃게 되고
앞으로 전황을 우려할 것이다. 현지군은 왜 공세를 하지 않는
가? 병력이 부족하지 않다면 역상륙을 해보면 어떤가?"(방위연
수소전사실 편 『전사업서 대본영육군부(10)』)라며 제 32군이 영구전
법을 버리고 적극적으로 공세를 펼 것을 요구했다.

천황은 마리아나·필리핀 등이 연이어 점령되자 박차가 가
해진 미군의 공세를 제지하고 오키나와에서 미군과 결전하여
어떻게든 성과를 얻으려는 심정으로 가득했다. 그러나 역상
륙할 만한 병력의 여유가 이미 없는 데다 항공모함 40척과
전함 20척을 포함하는 약 1,500척의 함대와 약 1,600기의 항
모함재기 등으로 포위된 오키나와 섬의 배후에서 역상륙을
감행한다는 것은 전혀 불가능한 이야기였다.

지난 고노에 상소에 "한 번 더 성과를 올린 다음에"라며
집요하게 반격의 기회를 기대하는 천황에게는 이미 그런 객
관적인 상황을 인식할 여유는 없었으며, 오로지 반격의 기회
와 더 이상 갈 곳이 없는 전과에 매달리는 듯한 마음으로 기
대할 뿐이었다. 그랬기 때문에 생각대로 움직이지 않는 현지

부대와 이를 지휘통제하지 못하는 군 중앙 수뇌에 대한 초조함을 감추려고 하지 않았던 것이다.

그러한 천황의 오키나와 전에 대한 자세는 육해군 수뇌부를 한층 중대한 결의로 몰아넣고 대본영과 제10방면군 및 연합함대는 제 32군에 즉시 공세를 하고 비행장 탈환을 촉진하는 전보를 계속해서 치게 된다. 이 전보는 또 제 32군 내부에서의 작전을 둘러싼 혼란과 대립조차 초래하게 됐다.

즉, 제 32군의 작전주임·야하라(矢原博道) 대사가 예정대로 지구전의 지속을, 참모장·쵸 이사무(長勇) 중장이 천황의 의향과 군중앙의 방침에 따라 공세 할 것을 제각기 주장하여 서로 양보하지 않고 작전방침은 마지막까지 하나가 되지 않았다.

확실히 정해지지 않은 작전은 결과적으로 일본군의 손해를 필요이상으로 크게 만들고, 또 전투에 말려든 오키나와 주민들이나 군에 동원된 오키나와 현민의 희생을 크게 했다. 그 희생자 수는 군인·군속 사망자 약 3만 명, 일반 현민 사망자 약 17만 명을 기록했다.

오키나와 전과 그로 인한 크나큰 희생은 전쟁 지속을 고집하던 천황의 강한 전쟁지도에 의해 생긴 결과였다. 천황이 미군을 핵으로 하는 거대한 군사력과 전황에 대한 냉정한 판단력을 제시했더라면 오키나와 전은 회피가 가능한 전쟁이었다. 여기에서도 천황의 일격론과 조급한 전과획득을 기대하는 무모한 전쟁지도가 오키나와의 운명을 결정한 것이다.

종전공작으로의 경사

오키나와 전 개시 직후, 기도는 고이소 내각의 후계인사를 들어, "육군 내에 적당한 사람이 없다면 스즈키 씨로 좋다."(앞의 책『호소카와 일기』1945년 3월 31일경)며, 이미 고이소 내각 불일치의 상황을 읽은 다음에 전 시종장·스즈키 간타로 해군대장의 기용을 시사했다.

이러한 기도의 동향에 관련하여, 고노에는 "해군은 발언권을 상실하여 육군은 점점 더 옥쇄론을 주장하게 된다. 단지 기도가 궁중에 있어 완전히 아나미를 장악하고 있으며 우리 국체로부터 보더라도 어상이 허락하지 않으면 어떤 일도 어렵다. 광기로 나가는 오늘날의 상태를 생각하면 아무래도 염세적으로 될 수밖에 없다."(위와 같음)며, 현재 상황을 우려했다.

그리고 중요한 기도가 육군주전파의 필두격으로 세워졌던 아나미(阿南惟幾) 대장(스즈키 내각 때 육군대신으로 입격)과 통하여 정책 전환의 전망을 명확히 하지 않는 것에 대한 불만을 분명히 한다. 고노에는 결국 천황 자신이 전쟁 종결에 대한 의욕을 가지지 않는 한, 정책 전환은 불가능하다고 인식한 다음, 이 시점에서 천황의 전쟁지도를 포함한 '광기에 이끌리고 있다.'고 혹평한 것이다.

4월 5일, 고이소 내각이 사표를 제출하고 내각의 교체를 기회로 정책 전환에의 전망이 열린다는 기대에 반해서, 고노에는 '궁중방면의 분위기는 아직 화평을 말하는 자는 없고, 따라서 어상의 생각에도 천황의 생각과는 전혀 일치하지 않는다.'(위와 같음, 4월 5일경)라고 말하고 신내각 하에서 전쟁종결=화평공작의 추진을 기대하는 다카마츠노미야를 필두로 하는 황족들과 고노에 대표되는 정책전환을 요망하는 중신들의 실망감을 대변했다.

그건 동시에 천황의 정책전환에 대한 관심이 여전히 희박한 것을 증언해 보인 것이었다. 그 천황이 차차로 종전공작에 대한 관심을 보이기 시작한 것은 5월에 들어 오키나와 전에서 일본군의 패전이 결정적으로 되고, 또 독일군이 연합군에 무조건항복(5월 7일)을 한 후였다.

고이소 내각을 이은 스즈키 간타로 신수상이 내각발족 직후(4월 7일 스즈키 내각성립)의 라디오 방송에서 '내 시체를 밟고 일어나라.'며 국민들에게 호소하고 또 5월 3일에는 '국민들도 특공대 용사들처럼 하라'며 격려하던 중에, 5월 중순에 들자마자 천황의 심경에는 큰 변화가 나타나기 시작했다.

고노에는 천황에게 조기의 전쟁종결을 진설했지만, '아직 가능성이 있다'고 응답한 천황의 자세를 들어, "한번 두드린

다음 종결하는 것에 기대된다. 단지, 내 생각으로는 오키나와
에서 전멸적인 타격은 없을 것이며, 현재 육군은 이미 오키나
와에 한계를 느끼고 오키나와의 전황의 전망이 확실해질 시
기가 전환의 시기가 아닐까."(「고노에 공작 전언각, 1945년 5월 13
일경」 앞의 책 『다카기 소키치 일기와 정보』 하권)라고 한 고노에의
예측대로 오키나와 전의 전황은 천황의 정책전환에 대한 결
의를 단단히 하고 난 후에 큰 전기가 되었다.

　고노에 상소 시에 고노에는 기도를 통하여 천황의 전쟁종
결에 관한 생각을 되물은 것에 대해 기도는 "전면적 무장해제
와 책임자의 처벌은 절대로 양보할 수 없다. 그것을 한다면
마지막까지 싸운다."는 천황의 계전의사를 전했지만, 계속해
서 "최근(5월 5일의 2,3일전)에 마음이 바뀌었다. 2개 문제도 어
쩔 수 없다는 기분이 되었다. 그 뿐만 아니라 이번에는 역으로
빠른 편이 나은 것이 아닌가라고 생각하신다. 빨리라고 해도
시기가 있지만 결국에는 결단을 원하는 시기가 가까워졌다고
생각한다."(위와 같음)라며 천황의 심경변화와 '결단' = '성단'
의 예측조차도 했다.

　또 마츠다이라 비서관장도 이 시기에 "어상보다도 총리에
게 전쟁종결(외교)을 생각하면 어떠냐는 말씀도 있다."고 증언
했다. 오키나와의 전국이 천황에게 얼마나 큰 충격을 주었는
가를 알 수 있다.

이 천황의 심경의 변화는 천황이 의지하고 있던 육군주전파의 자신감 상실과 깊은 관계가 있었다. 역시 마츠다이라가 전하는 바에 의하면 "육군내부 정세를 잘 아는 소식통은, 작전 당사자는 오키나와를 잃은 후 전쟁에 자신을 잃은 것은 의심할 여지가 없다."(「1945년 5월 14일경 마츠다이라 후작 담」 위와 같음)며, 요나이(米內光政) 해군장관도 전쟁종결에 관해서 육군이 "아주 부드러워졌다고 생각한다."(1945년 5월 17일경, 위와 같음)라는 판단을 말했다.

이처럼 오키나와 전(戰)을 전기로 천황과 육군주전파는 한꺼번에 전쟁지속의 자신감을 상실함으로서 처음으로 본격적인 전쟁종결이라는 정책전환을 검토하게 된 것이다. 이것은 천황의 오키나와 전을 가지고 최후의 결전의 장으로 미군에 일격을 가하여 전국의 악화의 저지를 시도했지만 그것이 얼마나 비현실적인 선택인 것인지를 증명하는 것이었다.

1944년 말에서 1945년에 들어와 일본의 전력은 거의 괴멸 상태에 빠졌다. 동경대공습이나 오키나와 전의 참상을 안 쇼와 천황은 드디어 일본의 패전이 이미 회피할 수 없는 현실에 직면한다. 도조 히데키 내각이 총사직하여 쇼와 천황도 고노에 후미마로 등의 전쟁종결론자의 주장에 귀를 기울일 수밖에 없었다. 그 과정에서 쇼와 천황은 일본 패배에 따르는 천황제 자체의 해체의 위험성을 느낀다. 이를 회피하기 위해서 쇼와 천황은 천황의 권위를 발휘하여 '성단'이라는 형태로 종전을 결의한다. 그것은 바꾸어 말하면 천황제의 권력을 온존하고 전후로 슬라이드시키기 위해 계획된 고도한 정치 전략이었다. 쇼와 천황 주변에서는 '국체보존'(=천황제국가 지배체제)를 궁극적이고 최우선 과제로 한다는 인식을 공유했다. 거기에서 시종일관 관심의 대상이 된 것은 국내외 사람들의 생명이 아니라 천황제의 유지와 존속이었다. 그런 의미에서 아시아태평양 전쟁은 마치 '쇼와 천황의 전쟁'이었으며, 그런 점을 보더라도 쇼와 천황의 전쟁 책임은 중대하다.

제3장
성단의 결정경위와 그 진상

1. '성단' 시나리오의 착상

'온건파' 세력의 복권

1945년 4월 9일, 고이소 내각의 후계자 후보를 정하는 중신회의가 열렸다.

그 석상에서 도조는 차기 내각자리를 정하기 위하기 계전내각으로 할 것인지, 화평내각으로 할 것인지를 명확히 할 필요성을 설했다. 도조는 육군주전파의 의향을 대변하여 중신들의 '화평' 공작의 진전을 견제하는 의미에서 육군주전파를 중심으로 한 육군내각을 구상하고 있었던 것이다.

이에 대해, 오카다는 국가의 총력을 집결한 내각=거국일치내각의 성립만이 급무라면서 화평인지 계전인지는 두 번째 문제라는 생각을 나타냈다. 오카다는 거국일치 내각구상에 의해 육군주전파의 전쟁지속노선을 저지하고 육군을 눌러 화평진전파를 중심으로 하는 내각의 형성을 전망한 것이다.

중신들 중에서 가장 강경한 계전론을 주장한 도조는 본토결전의 진두에 서야 할 수상으로는 육군 군인이 가장 적당하다며 하타(畑俊六) 원수를 추천했다.

이러한 도조의 육군내각론을 부순 것은 기도의 '국민에게 신뢰받는 무게있는 내각을 만들지 않으면 안 된다.'(『기도 고이치 일기』 1945년 4월 5일경)는 발언이었다. 그건 이미 육군이 국민들의 신뢰를 잃었다는 것을 시사하는 것이었다.

열세에 있던 도조는 '국내가 전쟁터가 될 지도 모르는 지금 아주 조심하지 않으면 육군이 등을 돌리는 수도 있다.'(위와 같음)고 주장했지만, 오카다 등 반 육군의 자세를 관철하는 중신들은 이 발언에 반발하여 도조의 주장은 결국 밀려나게 된다. 본토결전을 부르던 육군도 정권을 유지할 만한 영향력을 정계상층부에서 잃어가고 있었다.

회의의 추세는 히라누마가 '이번에 싸워 나가는 사람이 아니면 안 된다. 전쟁을 그만 둔 화평론자는 추천할 수가 없다'고 하며 전쟁내각을 주장했다. 이어서 와카츠키도 '이겨 나가는 사람이 아니면 안 된다'며, 이에 동조하여 차기내각은 비육군 내각의 계전내각이라는 틀이 정해졌다.

한편, 오카다에 가까운 입장을 취하고 있던 고노에는 이번 중신회의가 후속 수반의 추천이 목적이며, 전쟁지도방침을 심의하는 장이 아니라는 견해였다.

그와 동시에, 고노에는 육군주전파의 동향을 파악한 다음, '육군의 동향이 지금과 같다면, 도저히 전환될 가능성은 없다.'(「고노에 공 만담 1945년 4월 22일경」 전게 『다카기 소키치 일기와 정보』 하권)고 말하고, 육군에 의한 정권장악이 일단 성공한 단계에서 현실적 문제로 여전히 육군주전파에 대한 경계를 늦추지 않고, 당면의 전쟁지도는 육군의 아나미와 우메즈의 본토결전방침에서 돌진한다고 예측했다.

즉, 고노에는 스즈키 내각이 성립했다고 해도, 육군주전파를 완전히 제어할 수 없는 한, 정책전환의 전망은 없다고 한 것이다. 그 사실은 오카다·와카츠키 등의 온건파로 지칭되는 중신들에게도 공통되는 인식이었다.

그로써 육군내각을 누르고 해군출신의 스즈키 선출에 성공했다고 하지만, 그 스즈키에게 계전내각으로의 성격을 부여함으로써, 육군주전파의 양해를 받을 필요가 있었다. 여기서부터 스즈키 신내각도 주전파와 온건파의 줄다리기 가운데 전쟁지속노선을 내걸게 되었다.

봉쇄되는 화평공작

스즈키 내각은 이들 '온건파'가 우선 육군내각을 저지하고 육군으로부터 정국의 주도권을 탈취하고 스스로의 손으로 정국운영을 함으로써 도조육군 내각 이후의 영향력을 충분히 발휘하지 못했던 '온건파' 중신·궁중그룹이 복권을 의도한 결과라고 할 수 있다.

그 중에서도 이들 '온건파'세력이 정책전환을 목적으로 금방 단결한 것은 아니었다. 우선 정국운영이란 점에서 반육군의 자세를 보인 것에 불과했다.

이들 온건파 중에는 정책전환에 대해 일치된 견해에 이르지 못하고, 전쟁종결이라는 점에서 오히려 오카다 등의 발언에 대표되는 것처럼 육군과의 영합조차 분명히 할 정도였다. 이처럼 전쟁지도 면에서 반 육군의 자세와 전쟁종결 문제에서 육군의 영합이라는 기묘한 구조가 생긴 이유는, 본토결전을 부르는 육군세력이 궁중·중신그룹과의 연계의 필요성을 인식하게 된 점과, 해군출신의 스즈키 내각을 용인하여 궁중·중신그룹과 타협시켜, 기본적으로 전쟁지속노선의 유지를 도모한 것으로 보인다.

스즈키가 천황의 신임이 두터웠다는 점을 보면, 도조가 추천한 하타(畑俊六)도 7년간에 걸쳐 시종장 직책을 가졌다는 점에서 스즈키만큼은 아니더라도 시종무관장(1939년 5월~7월)을 경험하고 또 아베(阿部信行) 내각(1939년 8월 30일에 성립) 시절, 천황에 의해 육군대신으로 임명되는 등 특별대우를 받은 경력을 가지는 등, 천황의 신임이 아주 두터운 육군대장이었다.

따라서 천황의 신임이 두텁다는 것보다 육해군과 궁중·중신그룹의 줄다리기 속에서 생긴 양자간의 타협의 산물로써

스즈키 내각의 성립을 이룬 것이다. 그러나 거기에도 육해군
및 궁중·중신그룹 등, 정계상층부의 일치된 정책전환의 방
침이 있었던 것은 아니었으며, 최고전쟁지도회의의 비밀회의
(5월 14일)에서의 '종전' 공작의 개시결정에 있어서도 그 내용
과 구체적인 방침에 대해서는 극히 제약조건이 컸다고 할 수
있다.

스즈키 내각은 최고전쟁지도회의 '종전' 공작의 개시결정
이라는 새로운 전개를 펴는 한편, 본토결전 준비를 전제로 한
국내 태세의 강화책을 차차로 제시해 간다. 이를테면 6월 9일
부터 시작된 임시회의에서는 임시긴급조치법, 의용병역법,
국민의용전투통솔령 등 6법안을 성립시키는 등 전 국민의 철
저한 동원을 도모했다.

임시긴급조치법은 국가총동원법(1938년 4월 공포)을 능가하
는 내용의 독재적 권한을 정부에 부여한 것으로 의용병역법과
국민의용전투통솔령은 15세부터 60세까지의 남자로 17세부
터 40세까지의 여자에게 병역을 과하여 국민의용대에 편입시
켜 정규군의 보완부대로써 본토결전에 대비한 것이다.

천황도 의용병역법 공표 시에 "짐은 지금까지는 없던 난국
을 만나 충실한 신민이 용맹하게 모든 힘을 다하여 황토(일본
국토)를 방위하고 국위를 발양하기 위해 제국의회의 협찬을
거쳐 의용병역법을 승인하여 이를 여기에 공표한다."(앞의 책

『대본영육군부』라는 공표문을 내어 결전을 설했다)

또 6월 8일의 최고전쟁지도회의는 어전회의에서 '금후 취해야 할 전쟁지도의 기본대강'을 결정하고 본토결전방침을 정식으로 결정한다. 그 첫머리에서 '방침'에는 "어디까지나 전쟁을 완수하여 국체를 유지하고 황토를 보위하여 정전목적의 달성을 기한다."(전게『패전의 기록』)고 되어 있으며, 철저항전에 의한 전쟁지속에 대한 결의와 본토결전방침이 명확히 기록되어 있었다. 그 중에서도 특히, '앞으로 취해야 할 전쟁지도의 기본대강'의 정책 경위에서는 오키나와전의 총괄을 '오키나와 작전으로 적에게 큰 출혈을 입히고, 그 결과 적의 진격을 늦춘다.' ('앞으로 취해야 할 전쟁지도의 기본대강에 관한 어전회의 경과개요' 위와 같음)라는 도요타 군령부총장의 발언에 보이는 것처럼 이 문서는 육해군 당국의 희망적이고 낙관적인 관측하에 선 구체성을 결여한 탁상공론에 불과한 것이었다.

육해군 군사력도 바닥이 보이고 국민들의 염전기운도 높아지는 가운데, 천황은 전전 최후의 의회가 된 제 87 임시의회 개원식(1945년 6월 9일)에서, '세계 정치의 흐름이 급변하여 적의 침공이 점점 격해지고 있다. 실로 적국의 계획을 분쇄하여 일본의 전쟁목적인 아시아 식민지해방을 달성함으로써 국체의 우수성을 발휘해야 할 때다'(앞의 책『천황과 칙어와 쇼와사』)는 칙어를 발표하여, 독일의 무조건항복에 의한 일본의 고립

화와 일본 본토에 대한 공세가 진행되던 가운데에서 감히 '적
국의 계획을 부수고' '전쟁의 목적을 달성'하도록 명령한 것
이다.

어떠한 경위에서 이 칙어가 나왔던 간에, 천황이 이 시기에
의회의 개회식장에서 철저항전을 명한 것은 적어도 표면상으
로는 전쟁종결을 전제로 한 '화평'공작을 주장하는 목소리나
여론을 봉쇄하게 되었다. 그로써 '화평'을 입에 담을 수 있는
것은 천황 자신이거나 그렇지 아니면 궁중·중신그룹과 그
측근들이 극비리에 진행시키는 방법밖에 남아 있지 않았다.

천황에게 결단을 요구하다

그러한 상황에서 만약 '화평'공작이 존재했다고 하더라도,
희생을 강요당하는 국민들의 입장에 시점을 맞춘 것이 아니
라 천황 및 천황제 지배태세의 견지만을 염두에 둔 문자 그대
로 지배관철을 목적으로 한 '화평'공작이 될 터였다.

독재적 권한을 행사하는 정부조직과 강직한 천황으로 이어
지는 성명, 육군주전파를 중심으로 한 군부의 '화평'공작에
대한 엄한 감시와 천황의 강한 계전의사에 추종하는 중신들
의 무기력함이 '화평'공작을 제약조건이 많고 구체성이 결여
된 것으로 만들어 갔다.

바꾸어 말하면, 폭넓게 화평공작을 집약한 말하자면 거국일치형의 화평방침을 제안하여 협의대상으로 하고, 그 후에 각계각층의 의견을 청취하면서 빠른 시기에 가장 효율적으로 전쟁종결로 이끌어 가기 위한 '화평'공작은 마지막까지 실현될 전망이 보이지 않았던 것이다.

따라서 전쟁종결이나 화평으로의 움직임은, 결국 비밀리의 '화평'을 추구하는 각 그룹이나 중신들의 개인적 견해의 표명의 반복에 그쳤다. 또 그건 파멸적인 전쟁 상황에서 정책전환의 기회를 계속 놓치고 일본의 내외에 걸쳐 크나큰 희생과 손실을 낳아가는 원인이 되었다. 여기에도 천황을 포함한 정치군사지도부의 중대한 정치책임이 존재한다.

칙어 등에 보이는 것처럼, 천황은 결단 표명 후에 자신이 기대했던 오키나와 전에서 지고 종말이 다가오자, 전쟁의 향방에 대해 동요와 불안한 자세를 보이기 시작했다. 이 시기에 고노에의 전쟁종결에 관한 정책전환의 전망은 기본적으로 천황에 대한 영향력이라는 관계에서 기도의 동향에 달려있다는 판단이었다.

고노에가 측근들의 귀족원의원인 도미타 겐지에게 "스즈키 총리, 기도 내대신의 의견이 종합되고 무엇보다도 폐하의 결단이 선다면, 가령 육군의 반대가 있더라도 밀어붙일 수 있지 않을까라는 마음이 있다."(「도미타 귀족원의원 연결」 1945년 5

월 9일경, 앞의 책『다카기 소키치 일기와 정보』하권)라고 술한 것처
럼, 스즈키―기도 라인이 정책전환에 일치하여 천황을 움직
인다면 천황도 결단을 내릴 수밖에 없는 상황이었으며, 천황
이 결단을 내린다면 아무리 육군이라도 따를 수밖에 없을 것
이라고 내다본 것이다.

거기에서 고노에는 우선 천황에게 가장 영향력이 있는 기도
에게 천황의 전쟁종결에 대한 의사를 확인하자, "종래에는 전
면적인 무장해제와 책임자의 처벌은 양보할 수 없다. 그걸 한
다면 끝까지 싸우겠다는 말과, 무장해제를 한다면 소련이 등장
한다는 의견이었다. 그런 폐하의 기분을 풀어드리는 것에 시간
이 많이 걸렸지만, 최근(5월 5일의 2, 3일전)에 마음이 달라졌다."
고 대답했다. 또 반대로, 천황이 가능한 한 조기의 전쟁종결을
희망하기에 이르렀다며, "결국에는 결단을 원하는 시기가 가까
운 시일 안에 있을 것이다."라는 의미심장한 예측까지 한 것이
다(이상 「고노에 공작 전언각 1945년 5월 13일경」 위와 같음).

같은 종류의 증언은 『호소카와 일기』에도 기재되어 있으며,
기도에 의하면, '최근 천황은 내가 자세히 설명한 결과, 전쟁
종결로 마음이 기울게 되어 오히려 이쪽이 곤란할 정도로 성
급히 "그쪽이 좋다고 결정되면 하루라도 빠른 편이 좋지 않은
가"라고 말씀하실 정도다'(앞의 책 『호소카와 일기』)고 전해진다.

이런 천황의 심경이 변화한 배경에는, 독일의 무조건항복(5

월 7일)과 오키나와에서의 전황의 악화가 큰 동기가 된 것은 분명했다. 독일이 항복한 다음날, 미국의 트루먼 대통령이 일본에 무조건항복을 권고하고, 독일의 패배에 의한 국제적 고립에 대한 불안과 오키나와의 전황 악화에 의한 본토방위에 대한 자신감 상실이 천황의 미군 일격론을 그 밑바탕에서 흔드는 결과를 가져왔다.

이를 계기로, 천황은 처음으로 측근들에게 일본패배의 가능성을 시사하였으며, 그와 동시에 천황제에 대해 심각한 위기의식을 가지게 되었다. "그쪽이 좋다고 결정된다면, 하루라도 빠른 편이 좋지 않을까"라는 천황의 발언에는 심각한 초조감을 느낄 수 있다.

시국수습의 대책시안

여기에 와서 천황의 심경의 변화와 정책전환의 기회가 도래한 것을 느낀 기도는 천황제 지배체제의 붕괴를 회피하고자 조기의 전쟁종결을 진행시키기 위해 프로그램 작성에 들어갔다. 그것이 6월 8일에 작성한 '시국수습대책시안'(앞의 책 『기도 고이치 일기』 1945년 6월 8일경)이다.

6월 8일의 최고전쟁지도회의에서 육군주전파의 의향에 따르는 형태로 본토결전방침이 확인된 것은 동시에 전쟁종결을 향한 정책전환의 호기에 브레이크가 걸려 본토결전방침에 의한 철저항전의 강행은 한층 더 국력의 쇠퇴를 부르고 그만큼 전후의 일본의 입장을 불리하게 하는 것으로 예측되었다.

전쟁종결에 대한 천황의 관심이 겨우 높아진 시점에서 육군주전파의 강경방침이 새롭게 인정된 것은 기도로서는 완전 패배에 의한 천황제지배체제=국체의 파괴에 대한 위기의식을 한층 강하게 했다.

기도는 본토결전방침이 확인된 다음날 6월 9일, '시국수습대책시안'을 정리하고 이런 전황 속에서 정책전환으로의 프로그램을 작성하여 전쟁종결 시나리오 만들기에 나선다. 그 내용을 간단히 요약해 두자.

기도는 우선 오키나와 전이 패배에 끝난 것을 사실상 인정하고 어전회의에서 제출된 국력의 현상조사 결과에서 앞으로의 전쟁지속 능력의 상실은 확실하다고 본 다음, 더 이상 전쟁이 지속되면 공습 등의 피해로 인해 국내가 대혼란에 빠지는 것은 필사적이라고 했다.

그래서 "이상의 관점으로 볼 때, 전황의 수습에 있어 이 때 과감히 결단을 내릴 방법을 생각하는 것은 오늘날 우리나라에 있어 최상의 요청이라고 믿는다."라고 한 후, 적측의 화평공세의 주목적은 군벌타도에 있으며 원래는 군부보다도 화평을 제창시켜 이를 받는 형태로 정부가 화평교섭에 들어가는 것이 타당하다고 하면서도 전쟁지속을 주장하는 군부에는 그럴 마음이 없었으며, 지금 상태로 간다면 "독일의 운명과 같은 길을 걸어 황실의 안정과 국체보존이라는 최상의 목적조차 이룰 수 없는 비참한 환경에 처한 것을 보장해야 할 것이다."고 했다.

또한 이런 상황을 타개하여 군부의 전쟁지속론을 누르고 정책전환을 단행하기에는 "대단히 이례적이고 실로 죄송하여 송구스럽기 그지없지만, 만민을 위해서 천황폐하의 용단을 부탁드리고 다음과 같은 방침에 의하여 전황 수습을 하는 방법밖에 없다고 믿는다."라고 말하고 천황의 성단에 의해 정책전환을 달성하기 위한 시나리오를 명확히 제시했다.

성단에 의한 정책전환의 단행이라는 시나리오는 지금까지 수면하에서 진행되어 온 각종 그룹의 '화평'공작에도 이전부터 착상되어 왔지만, 정책전환의 키맨적인 존재였던 기도가 천황과 연동하면서 천황의 권위를 백으로 '성단'을 최후의 수단으로 제언한 것은 이번이 처음이었다.

천황도 기도도 전황의 악화를 이미 숙지하여 '성단'에 의한 체제붕괴의 위기를 회피하고자 최후 수단의 행사를 할 수밖에 없다는 판단으로 겨우 기울어진 것이다.

말할 것도 없이 성단의 목적은 천황제의 유지=국체보존 오로지 하나뿐으로 '만민을 위해서'라는 것은 표면상에 지나지 않았다.

실제로 '만민을 위해서'라고 한다면, 즉시 전쟁종결이 실행되었어야 했다. 그 이후에도 일본정부는 군부의 동향을 경계·견제하면서 연합국 측 사이에서 국체보존의 확증을 받으려는 오로지 그 하나만을 위해서 2개월 이상의 시간을 허비하게 된다.

성단 시나리오란, 일본이 국토와 국민을 전쟁피해로부터 즉각 구출하기 위해 기도된 것이 아니다. 단지, 전쟁에서의 패배라는 정치지도의 실패로 인해서 생기는 정치책임을 지지 않으려고 착상된 일종의 정치 연출에 불과한 것이었다.

그건 천황을 포함한 정치지도부의 정치책임의 소재를 성단에 의한 국민의 구제라는 연출을 하여, 불문에 붙이는 성과가 동시에 기대된 것이었다. 아무튼 천황 -기도 라인에 의한 전쟁종결로의 길은 사실상 여기에서부터 시작된다.

2. 대 소련 공작과 정책전환의 결의

소련을 중개역으로

4월 5일(1945년), 소련의 몰로토프 외상에 의한 일소 중립조약 불연장 통고에 의하여 극동 소련군의 대일참전이 예측됨에 따라 군부 내부 내부에서는 소련의 대일참전의 가능성을 제거하기 위해 대소교섭을 개시하고, 또 소련의 중개역에 의한 '화평'공작을 진행하는 움직임이 일고 있었다. 이보다 먼저 5월 7일의 독일군의 무조건항복과 다음 날 8일 트루먼 미 대통령의 일본에 무조건항복의 권고는 '화평'공작 착수의 절호의 기회로 보였다.

그러나 스즈키 내각은 같은 달 9일에 '제국정부성명'을 발표하고, 그 속에서 "구주지역의 전황의 급격한 변화는 제국의 전쟁목적에 조금도 변화를 주는 것이 아니다."(앞의 책 『전쟁의 기록』)라고 말하고, 독일의 항복이라는 새로운 사태에 관계없이 일본은 독자적인 입장에서 전쟁지속에 매진하려 했다.

또 스즈키 수상의 담화에서도 "나는 미력하지만 모든 것을

바쳐서 싸워 나갈 각오입니다. 국민 제군들도 또 전선에서의
특공용사들과 같이 조국방위의 성업을 위해 생사를 뛰어넘어
희망을 가지고 싸워주길 바란다."고 말하고, 국민들을 향해서
는 '화평공작'이나 '전쟁종결'에 대한 의욕의 편린조차도 보
이지 않았다.

이처럼 표면상으로는 정책전환의 징후는 미진도 보이지 않
았지만, 그 뒤에서는 소련의 대일참전에 위협을 느끼는 군부
를 중심으로 소련을 화평의 중개역으로 내세워 전쟁종결의
길을 모색하려는 움직임도 물밑에서 진행되고 있었다.

대 소련공작의 배경에는 중국 동북부(현재의 만주와 몽고지
역)의 방위임무에 해당하는 관동군의 전력이 저하된 반면, 소
련극동 군사력의 증강이라는 사실이 있었기 때문이다.

그래서 5월 8일의 최고전쟁지도회의에서는 소련에 화평의
알선을 요구하고 또 적당한 인물의 소련파견이 협의되었다
(앞의 책 『대본영 기밀일기』). 이어서, 같은 달 11일부터 14일에
걸쳐 열린 최고전쟁지도회의에서도 대소 문제가 논의되었다.
여기에서 육군은 소련군의 참전을 방지하기 위해 구체안 작
성을 요청하고, 육군은 소련의 호의적인 태도에 석유 등의 자
원구입의 길을 기대했다.

그러나 외무대신 도고(東鄕茂德)는 그러한 육해군의 전망에
대해서 대단히 비관적이었다. 즉 얄타에서 미영소의 3거두회

담 후에, 소련의 대일 참전방침은 이미 확정되어 있었기 때문에 서둘러 '이미 소련을 군사적·경제적으로 이용할 가치는 없다'(도고 시게노리 『시대의 일면』)는 판단을 내렸다.

또 도고 외상은 육군의 대소교섭의 기도를 '진지하게 그걸 해왔더라면 미국의 전의를 잃게 했을 것이라는 생각을 버리지 못하는 듯하다'라고 보고, 또 '영미가 받아들인다고 생각하는 것은 너무나 비정상적인 인식부족이다.'고 말하며, 육군의 외교 음치를 지적했다(「도고 외상 내화 1945년 5월 16일·19일경」 앞의 책 『다카기 소키치 정보와 일기』하권).

그러나 현실에서는 도고 외상도 "영미에 대해 우리에게 상당히 유리한 조건을 가지고 중개할 수 있는 것은 소련 이외에는 없다"고 한 우메즈 참모총장의 의견이나 "(소련은) 나쁘게 하지 않을 것 같은 느낌이 드니까 화평의 중개역도 소련에 맡기는 것이 좋을 듯하다"(전게 『시대의 일면』)고 한 스즈키 수상의 판단에 따라 연합국과의 중개역으로 소련과의 교섭을 하게 된다.

이처럼 기도에 의한 대 소련 교섭은 5월 14일 최고전쟁지도회의 구성원의 대소 교섭방침의 결정으로 현실화되고, 히로타 고키 전 수상을 일본국 측의 교섭책임자로 임명하게 된다. 그러나 대소 교섭의 방침을 둘러싸고, 정부내부에서는 소련의 참전저지 및 중립상태지속을 확보했지만, 어디까지나 전쟁지속을 주장하는 육군과의 사이에서 조정이 이루어지지 않았다. 따라서 기본적으로는 대소교섭과 화평 중개는 사실상 여기에서 분리된다.

그래서 그 후 6월 23일에 실시된 히로타와 소련 주일대사·말리크와의 회담도, 7월 10일의 고노에의 소련 파견결정도 직접적으로는 화평=전쟁종결 계획과 무관한 것이 되었다. 거기에다 문제는 군부를 비롯한 일본의 외교담당 당국도 여러 가지 문제점을 느끼면서도 이미 연합국 측의 일원으로 영미와 공동보조를 맞추어 가고 있던 소련을 화평의 중개역으로 세워 연합국 측과의 교섭을 기대하는 둔한 외교 감각을 가지고 있었다.

이런 종류의 외교 감각과 외교 자세는 전쟁종결을 필요이상으로 지연시키게 되는 하나의 큰 원인이 되기도 했다.

정책전환을 결심하다

본토결전방침이 정식으로 결정되는 한편, 전쟁종결로의 길을 제시한 '시국수습대책시안'이 6월 9일에는 천황에게 먼저 자세히 보고되었다. 이어서 같은 달 13일에 스즈키 수상, 15일에 요나이 해상, 18일에 아나미 육상에게 그 내용이 제시되었다. 그것은 아나미 육상 이외에, 천황을 포함한 거의 모든 사람들에게 호의적으로 받아들여졌다.

그러나 아나미 육상만이 종래의 일격론을 반복하고 전쟁지
속을 주장하는 자세를 바꾸지 않았다. 그 뿐 아니라, 육군 내
에 '화평'공작에 착수한 기도의 갱실을 요구하는 목소리도 있
었다고 위협을 하기도 했다. 그 때까지 이어져 온 기도와 육군
의 밀월의 시대가 끝나려 하고 있었다.

6월 18일, 최고전쟁지도회의에서는 영국과 미국이 일본에
대해 무조건항복을 요구하는 경우에는 철저히 항전하여, '전
력'이 유지되는 동안은 제 3국의 중개에 의한 '화평' 공작을
진행시켜 국체보존을 조건으로 화평실현을 도모할 것을 확인
했다. 다시 말해, 소련을 중개역으로 하는 화평공작의 추진과
본토결전방침에 의한 전쟁지속노선의 입장을 채용한다는 것
이었다.

이들 2개 노선의 병립은, 결국 전쟁지도 방면에서 강력한
통일방침이 서지 않아, 그 시점의 전쟁지도의 약화와 모순의
표출을 나타내는 것이었다.

핵심인 천황은 그 때부터 전쟁종결로의 정책전환을 단행할
결심이 섰다는 것을 나타내는 발언이 눈에 띄게 된다.

이를테면, 6월 20일에 도고 외상이 대소교섭의 경과를 보
고했을 때, 천황은 대소교섭의 촉진을 요망하고(외무성 편『종
전사록3』), 또 같은 달 22일 천황은 기도의 요청을 받아 최고전

쟁지도회의 구성원(스즈키 수상, 도고 수상, 요나이 수상, 아나미 수상, 우메즈 참모총장, 도요타 군령부총장)을 소집하여 조기의 '종전'공작을 구체화하도록 지시했다.

그 석상에서 천황은 "전쟁지도에 관해서는 이미 어전회의에서 결정을 했으며, 한편으로 전쟁의 종결에 관해서도 이번에는 종래 관념에 구애되는 일 없이, 신속히 구체적인 연구를 하여 이를 실현하기 위해 노력할 것을 바란다(앞의 책『기도 고이치 일기』)고 말하고, 본토결전방침과 병행하는 형태로 전쟁 종결방침의 조기결정을 명했다.

천황은 육군이 주장하는 본토결전론을 그대로 용인함과 동시에, 전쟁종결의 방법을 찾으려고 분명히 모색하기 시작했다. 이는 앞에서 술한 기도의 '시국수습안' 시나리오대로의 발언이었다.

이 천황의 발언에 대해 고노에는, "이 칙어는 지난 달 8일의 어전회의결정의 보충이라는 표면상의 이유를 댔지만, 실은 순전히 방침전환을 명한 것이다'(앞의 책『호소카와 일기』 1945년 7월 3일경)고 평가하고, 이것이야 말로 천황이 전쟁종결을 향해 의사를 표명한 정책전환의 첫걸음이었다.

어전회의에서는 본래 참모총장과 군령부총장의 양 통수부 부장의 요청에 의해, 회의개최가 결정되는 것이었지만, 이때는 천황 스스로가 소집을 했다. 이것은 이례적인 조치였으며,

그 만큼 천황과 기도의 정책전환방침이 상당히 결정되어 있었다는 것을 나타내는 것이었다. 천황의 주도권의 발휘는 그때까지 계전의사를 좀처럼 바꾸지 않았던 심경의 변화와 국체보존의 위기감이 갑자기 강해진 것을 나타내는 것이었다.

독일의 항복, 트루먼 미 대통령의 대일항복 권고, 미군에 의한 오키나와 점령, 나아가 6월 9일 중국 전지역에 주둔하는 일본군은 전부 합해도 미국의 8개 사단분 정도밖에 없으며, 탄약도 한 번 정도 싸울 양밖에 없다는 내용의 우메즈 참모총장의 상소내용 등으로 보더라도, 결국에는 천황 자신도 국체보존을 앞세우는 한편 전쟁지속 및 본토결전을 주장하는 육군의 강경방침에 동조할 수 없었던 것이다.

천황 자신이 소집한 어전회의의 석상에서 천황은 출석자들에게 시국수습에 대해 스스로 질문을 한다. 이에 스즈키 수상은 전쟁지속과 외교출동의 병용론, 요나이 해상은 소련의 중개에 의한 전쟁종결 방침이 지난 번 최고전쟁지도회의에서 결정된 점의 중요성을 말하고, 도고 외상은 소련의 중개에는 대상과 강화조건에 관해서 상당히 양보할 각오가 필요하다고 했다.

그리고 전쟁지속방침을 버리지 못하고 이때도 화평조약에 소극적인 자세를 나타낸 우메즈 참모총장에게 천황은 "신중을 필요로 하는 것은 말 할조차도 없지만, 그 때문에 도리어 시기를 놓치는 것은 아닌가"라며 재고를 요구하고, 우메즈의 "신속히 하지 않으면 안 된다고 생각합니다"(다나카 『다큐멘트 쇼와 천황』 제 5권·패전, 하권)라는 발언을 얻어냈다. 여기서 천황은 유감없이 주도권을 발휘하여, 가장 강한 저항이 예측되는 육군 수뇌에게 전쟁종결방침에 대한 동의를 강요한 것이다.

종래 천황의 주도권의 발휘는 천황의 국체의 위기 인식정도와 표리일체로서 육군의 전쟁지속 노선을 천황이 용인하는 한, 육군은 천황의 충실한 전쟁지도의 대행자로 행동했다.

그러나 일단 천황의 의도와 육군의 의도가 엇갈리게 되자, 육군은 천황 및 기도의 정책전환 방침에 정국의 주도권을 서서히 빼앗기게 된다. 남은 문제는 그러한 천황의 의향을 받아, 전쟁종결 방침에 타협적인 자세를 보이기 시작했던 육해군 수뇌부에 대한 군 중견층의 동향이었다.

그들은 궁중·중신그룹의 주도에 의한 전쟁종결 구상에서는 연합국 측으로부터 국체보존의 확증을 받을 가능성이 충분하지 않다는 것과, 무엇보다도 군사기강이 해체될 가능성을 포함한다는 것을 직감하고 있었다. 그로써 군내부에서 실질적인 주도권을 장악하는 이들 군 중견층의 동향은 전쟁종결로의 정책전환방침을 추진하려는 궁중·중신그룹에 있어 최대의 장벽으로 예상되었다.

둔좌하는 대소공작

　　그러한 상황 하에서 천황은 7월에 들어, 대소 교섭의 진전에 적극적인 태세를 보이기 시작한다. 7월 3일, 천황은 후지타 시종장을 불러, "대소 교섭은 어떻게 되어 가고 있는 지 기도에게 물어 보라"(후지타『대종장의 회상』)고 술했다.

　　또 같은 달 7일, 천황은 스즈키 수상을 궁중에 불러 "대소

요나이 미츠마사

외교에 특사를 파견하는 것을 조급히 착수하도록 하라."며, 교섭의 촉진을 지시하고 대소 교섭에 거는 기대가 강하다는 것을 나타냈다. 한편, 천황 자신은 대소교섭의 목적을 "잘만 된다면 강화가 되고, 잘되지 않더라도 반대로 국민의 결속을 다져서 전의를 불러일으켜 마지막까지 전쟁을 지속할 수 있을 것이다."라고 스즈키 수상에게 말했다고 한다(이상, 지츠마츠 유즈루(実松讓)『해군대장 요나이 미츠마사 각서』).

대소교섭은 국민들에게 비밀리에 진행시켜 온 것으로, 그 실패가 거꾸로 국민의 전의고양에 이어진다는 천황의 발언은 액면대로 받아들이기 힘들다. 단지, 모든 가능성을 전제로 조급히 전쟁종결의 길을 모색하려고 한 천황의 초조감과 기대감이 섞인 마음이 강해지는 한편, 그 후에 고노에 후미마로를 모스크바에 특사로 파견할 계획이 부상한다.

이어서 7월 10일, 최고전쟁지도회의(6자 수뇌회담)는 소련으로의 특사파견을 정식으로 결정한다. 이에 천황은 같은 달 12일, 고노에 후미마로에게 소련파견 특사의 취임을 요청한다. 그 사이의 일소 교섭은 같은 달 18일의 최고전쟁지도회의 구성원회의에서 결정된 소련을 중개로 하는 연합국 측과의 교섭개시의 방침에 따라, 그 때까지 중단상태에 있던 히로타·마릭 회담이 동월 24일에 재개되었다. 마릭 대사는 그 석상에서 일본의 구체안을 요구하고 일본 측은 일소 불가침조약의 체결, 만주의 중립화, 어업권의 해소 등 모든 조건에 대응하는 자세로 임하기로 했다. 그러나 그 달 29일의 회담을 마지막으로, 마릭 대사는 그 후 일본 측의 제삼의 회담요청에도 응하지 않고 일소교섭은 암초에 오르게 된다.

소련 측으로는 이미 연합국 측과 대일자세를 거의 일치시킨 상태로 그 다음에 올 독일 베를린 근교의 포츠담에서의 미영과의 거두회담에서 확인될 터였다. 따라서 일소교섭의

지속은 실제로는 어떤 의미도 매력도 없었던 것이었다. 이러
한 상황 속에서 일소교섭의 촉진과 사태의 타개를 도모하기
위해 특사파견이 결정되었다.

천황의 친서를 가져온 고노에게 스탈린과 회견시켜 소련
의 중개에 의한 전쟁종결의 길이 국체보존의 최선의 방법이라
고 보는 천황의 판단은 전쟁지도회의의 구성원들에게는 조금
당돌한 느낌을 주었다. 요나이 해상 등은 "친서는 기도나 그
외의 부하로부터 나온 의견이 아니라 전부다 어상의 발상인 듯
한데 그래도 너무 서둘러도 안 된다."(「요나이 대신 직화 1945년
7월 9일경」 앞의 책 『다카기 소키치 일기와 정보』 하권)라고 누설하
고, 고노에 파견결정에도 천황의 의향이 크게 움직였다는 것을
나타내고 있었다.

그러나 고노에의 파견에 의한 소련으로의 중개의뢰는 도고
외상 자신이 '소련의 자세는 4,5월경과는 상당한 변화가 있으
며 빈사의 환자(일본을 가리킴)'를 상대로 하는 것처럼 어리석
음을 연기하는 것 같아 의문이 증대한다'(도고 외무대신 직화(直
話) 1945년 7월 10일경)라는 분석을 기다릴 필요도 없이, 소련정
부는 고노에 특사파견의 목적이 명확하지 않아 수락과 거부
의 판단은 불가능하다는 회답을 했다.

일본측은 대 미영 화평의 알선과 일소관계의 강화를 의제
로 하는 요망을 전하기는 했지만, 외교수속의 실수도 겹쳐져

예비절충은 진전되지 않았다.

소련파견을 요청받은 고노에는 그 자리에서 천황이 시국종결에 관한 의견을 구하자, '민심은 반드시 고양되지 않았으며 정부에 매달려 어떻게 되지 않을까라는 마음이 넘치고 있고, 또 정부에 대해 원한을 품는 말조차 산발적으로 보이는 상태에 있다.'며, 여론이 위험한 방향으로 가고 있다고 걱정을 표명했다. 그리고 '속히 종결할 필요가 있다고 믿는다'(앞의 책 『기도 고이치 일기』 쇼와 20년 7월 12일경)고 말하고, 조기 전쟁종결의 필요성을 설했던 것이다.

이 때 고노에는 한시라도 빠른 전쟁종결의 필요성을 통감하고 있었으며, 그 의욕에 천황도 '이번에는 고노에도 단단히 결심했다고 생각한다'는 감상을 말했다(위와 같음). 천황은 겨우 여기에 와서 고노에의 조기 전쟁종결론을 받아들인 것이다.

천황은 군부를 버리고 조기 전쟁종결만이 국체보존의 최선의 방법이라고 했던 고노에의 견해에 동의하고, 그 고노에를 천황의 대리로서 대소교섭의 전면에 밀어붙였다.

그건 동시에 천황 -고노에 -기도의 '종전'공작추진의 주축이 형성된 것을 의미하는 것이었다. 천황이 기대한 대소공작은 결국 실패하지만, 그 이후 '성단'에 의해 완결하는 '종전'공작은 이 주축라인에 의해 연출되고 실행에 옮겨져 간다.

천황의 친서

천황으로부터 소련파견의 요청을 받은 고노에는 신속히 브레인을 소집하여 소련에 지참할 중개안의 책정준비에 들어갔다. 고노에는 천황과 회견했을 때, 소련과의 교섭에 관해 큰 재량권을 가지고 있었으며 스탈린과의 회담에서 결정한 조건에서 천황의 칙재(勅裁, 천황의 직접판단을 가리킴)를 얻어 결정하는 비상수단을 기도한 것이다(고노에 후미마로 『잃어버린 정치』).

같은 달 15일 대책협의를 위해 회견한 외무성의 마츠모토 슈이치 차관에게 고노에는 '자신은 백지를 낼 생각이다.(중략) 모스크바에 가면 스탈린의 생각을 직접 폐하에게 전할 생각이다.'(앞의 책 『종전사록 3』)고 말한 다음, 외무성 당국은 물론 고노에의 소련파견에 대해 경계심을 품는 군부나 최고전쟁지도회의 등 전쟁지도부의 판단을 기다리지 않고 고노에 -천황 라인에서 한꺼번에 소련의 중개에 의한 전쟁종결을 실현하려는 의욕을 보였다.

이것은 틀림없이 '성단'에 의한 일소교섭의 타결과 그로 인한 전쟁종결의 단행이 될 터였다. 고노에 그룹의 한사람인 사카이(酒井鎬次) 기초에 의한 '화평교섭 요강'은 국체를 절대적으로 주장하는 한편, 최악의 경우에는 천황의 자발적인 양위를 걸고, 또 군비의 일시적인 철폐, 외국군에 의한 부분점령의

포츠담회의 석상

용인, 일본점령지역의 포기 등 대담한 양위 안이 제시되었다
(도미타 겐지 『패전 일본의 내측』).

고노에 측 입장으로서는 궁극적인 목표가 국체보존이라고
한다면, 그에 필요한 어떤 양보도 조건도 용인할 각오가 없으
면 소련 중개에 의한 화평교섭의 성립은 불가능하다고 본 것
이다.

이 '화평교섭요강'은 훗날 포츠담 선언의 내용을 부분적으
로 선취하는 내용을 포함하고 있었다. 그런 의미에서, 이 내용
은 현실적으로 유연한 것이었지만 육군주전파들이 어느 것도
도저히 용인할 수 있는 것이 아니었다.

고노에의 파견준비와 동시에, 외무성 당국은 고노에 파견
의 주지를 소련 측에 전하려고 천황의 허락을 받은 친서를

준비했다(앞의 책『종전사록 3』).

그러나 그 문서에는, "천황폐하는 앞으로 전쟁이 각 교전국을 통해, 국민의 참화와 희생을 점점 증대시키는 것에 마음을 아파하시어 전쟁을 빨리 종결시키려고 염원하신다."고 쓰여 있으며, 마치 제 3자가 '국민의 참화와 희생'을 강요하는 것과 같은 표현을 써서, 천황자신의 '성단'으로 개시된 태평양전쟁의 책임의 소재를 완전히 뒷전으로 미루었다.

거기에는 전쟁책임에 대한 심각한 반성의 편린도 보이지 않았으며, 전쟁이 자연발생적이고 비인도적 현상이라고도 볼 수 있는 내용으로 구성되어 있었다. 천황이라는 최고정치·군사지도자의 지위에 있었는데도 불구하고, 적어도 이 문서에서는 그러한 감각이나 인식조차도 읽을 수 없다. 만약 천황자신이 작성한 문서가 아니라고 하더라도 허락을 한 문서인이상, 천황의 의사를 정확하게 표현한 것으로 평가되는 것은 당연하다.

또 문서에는 연합국 측과의 화평교섭에 관해서도 언급하고, 천황의 의향으로서는 '대동아전쟁에 있어 영미가 무조건 항복을 고집하는 한, 제국은 조국의 명예와 생존을 위해 전부를 걸고 싸울 수밖에 없으며, 또 이를 위해 교전국민의 유혈을 보는 것은 진정 본의가 아니며 인류의 행복을 위해 될 수 있는 한, 신속히 평화를 극복하기를 희망한다.'(이상, 위와 같음)고

이어진다.

천황의 지위 및 천황제의 장래를 보증받는 것이 첫째 교섭 조건이며, 연합국 측의 무조건항복의 요구에 대해 그 확증을 받지 않는 동안 전쟁종결을 결단하지 못했던 일본 측의 입장을 감춘 채, 화평교섭을 진전시키는 장애는 일방적으로 영미 측에 있다고 했다.

현실에서는 국체보존의 관철과 그 보증을 소련을 중개역으로 하여 받아내는 것이 천황의 친서의 최대목표였다. 도고 외상은 7월 12일, 이 의미 불명하고 어떤 구체적 안도 제시하지 않은 친서를 휴대한 고노에 특사가 소련에 파견된다는 것을 사토 주 소련대사 앞으로 연락한다.

그러나 스탈린 수상과 몰로토프 외상은 포츠담회담 출석을 위해 모스크바를 떠나고, 소련 외교당국은 이 친서의 내용과 고노에 특사파견에 대한 대응에서 소극적인 자세를 계속 취했다.

'화평'을 요구한 비밀문서이기도 한 천황의 친서는, 고노에 특사의 파견기도를 포함하여 포츠담회담에 의해 대일 참전을 결정하고, 그 준비에 들어간 소련에 있어 전혀 관심이 없었다. 일본 정부와 천황은 그 소련을 대상으로 귀중한 시간을 단지 국체보존을 위해 낭비했던 것이다.

친서 안의 '국민의 참화와 희생'을 회피한다는 문장을 그대로 실행한다고 한다면, 국체보존에 고집할 것 없이 무조건 시급히 교섭 타결을 위한 외교조치를 취했어야 했다. '국민의 참화와 희생'의 현상은 이미 일각의 유예조차도 없는 데까지 와 있었다. 그러나 육군의 본토결전론에 휘말려 국체보존을 절대적 목표로 하는 이상, 국민의 막대한 희생을 피할 수 없었던 것이다.

3. 성단의 방식 채용의 이유

포츠담 선언의 발표

이탈리아와 독일이 항복하여 일본만이 연합국과의 전쟁을 계속하는 속에서 국제정치의 무대상에서는 이미 전후 세계의 재편을 둘러싼 조용한 줄다리기가 시작되고 있었다.

소련은 영미와의 교섭에서 지난 얄타회담에서의 밀약에 의해 승인된 대일참전의 최종확인을 받아 전후의 극동 아시아에서의 지위를 확보하고, 이어서 장래에 도래할 미소 시대의 대응을 모색하고 있었다. 소련이 취해야 할 외교적 선택은 먼저 영미와의 협약이며, 그를 위해서는 일본을 공동의 적으로 만드는 것이었다.

한편, 미국은 6월 22일 정식으로 오키나와 전의 종결을 선언했다. 이렇게 하여, 오키나와 점령을 성공하고 일본본토를 공습하여 일본의 국력파괴에 여념이 없었던 미국은 원폭의 개발에도 성공함으로써, 전후 새로운 세계재편성의 주도권을 확보하기 위해서도 일소교섭에 의한 일본의 화평공작은 도저히 받아들일 수 없었다.

7월 17일, 베를린 교외의 포츠담에서 트루먼(미국 대통령), 처칠(영국 수상), 스탈린(소련 수상)이 회담하고, 먼저 일소교섭은 예상대로 미소의 공통의사로서 사실상의 거부가 확인되었다. 물론 이 사실을 일본정부가 알 리가 없었다.

포츠담회담의 결과, 같은 달 26일에 포츠담선언이 발표된다. 그것은 미국의 주도에 의해 작성된 문서였다. 그 원안은 지난 7월 2일, 육군장관 스팀슨에 의해 트루먼 대통령에 제출된 '대일 계획안·각서'및 '공동성명안'이었다.

거기에는 미군의 압도적 병력의 일본 본토공격에 의한 일본멸망의 가능성, 전쟁지도의 영구추방, 일본주권의 본토에의 한정, 평화적 정권수립을 볼 경우에는 일본점령의 연합국군은 등의 내용이 포함돼 있었다. 거기에는 중요한 천황의 위치에 관해, '현재 황실하의 입헌군주제를 배제하는 것이 아니다'는 주지를 추가한다면, 일본은 무조건항복을 수락할 가능성이 높다는 판단이 제시되어 있었다(나카무라 마사노리(中村政則)『상징천황제로의 길』).

미국정부에 있어서 항복 조건중의 최대의 관심사는 천황의 대우 및 천황제존속문제였다. 미국 정부 내나 여론은 천황제폐지론, 천황제존치·이용론, 천황제존치·기능정지론이라는 크게 3가지로 의견을 구별할 수 있다. 태평양전쟁은 전반적으로 일본군국주의의 배제・타도에 여론이 집약된 초반과, 전후 정치의 재편이 전망되는 종반과는 미국의 대일여론은 명확히 다른 양상을 보이고 있었다.

전체적으로 보면, 초반에서 중반에 걸쳐서는 천황제폐지론이 우위를 차지하고 있었는데, 종반에는 천황제존치・이용론이 부상하여 수많은 논의가 반복되고, 주일 미국대사를 오랜 기간 근무하여 미 국무성내에서 지일파의 실력자로 있던 그룹들의 활동도 도와 최종적으로 정부 내에서는 천황 및 천황제는 일본점령지배를 해나가기 위해서 불가결한 안정 세력으로 보는 인식이 자리를 잡아갔다.

아무튼 '대일계획안・각서' 및 '공동성명안'의 노선에 따라 미국의 대일성명안 기초위원회가 포츠담선언의 초안을 책정했다.

거기에는 일본에 평화정권이 수립되고, 그 정부가 다시는 침략을 하지 않는다는 것이 세계에 납득받을 경우에는 '현 황실하의 입헌군주제를 포함할 수 있다'(위와 같음)라고 기록되어 있다.

다시 말해, 이 '천황조항'에 공통된 점은 명백한 천황제존치를 나타내지 않고 모두 항구적인 평화정권의 수립을 기본으로 하는 일정조건의 성립을 전제로 한 것이었다. 그것은 미국의 국내는 물론, 중국이나 영국 등 다른 연합국내에 여전히 존재하는 천황제폐지론에 대한 배려이기도 했다.

그런 의미에서, '천황 조항'은 다른 조항과 비교하여, 훨씬 더 애매함과 추상성을 많이 가진 내용이었다. 그러나 7월 26일에 발표된 전 12항목으로 되어있는 '미영중 3국 선언'(통칭·포츠담선언)에는 이 '천황 조항'이 삭제되어 있었다.

관련된 것으로는, 제1 항의 '전기 제반 목적이 달성되어 일본 국민의 자유롭게 표명되는 의사에 따라 평화적 경향을 가지고 책임있는 정부가 수립된다면, 연합국의 점령군은 즉시 일본국으로부터 철수해야 한다.'(위와 같음)는 항목이 있다.

다른 조항은 스팀슨의 '대일계획안·각서'및 '공동성명안'을 거의 정확하게 세습하고 있지만, '천황조항'만은 최종적으로 미국 정부내에서 천황제존치를 풍기는 모든 문장을 삭제해야 한다고 주장하는 신임의 국무장관·번즈와 군부의 강경 의견이 다수를 점하게 된다.

이는 일본정부 측에서 보면, 국체보존에 관해 완전히 무시되고 전후의 정치체제가 결국 '일본국민이 자유롭게 표명할 의사'에 따라 결정된다는 내용이었다. 이것은 국체보존을 금과옥조로 하여 전쟁종결을 지향하는 궁중·중신그룹 또는 '온건파'로 지칭되는 이들 그룹의 측근들 사이에서 불안과 동요를 불러일으키리라는 것은 상상하기 어렵지 않다.

더구나, 선언 제 9항에서 '일본 군대는 완전무장을 해제한

다음, 각자 가정에 복귀하여 평화적이고 생산적인 생활을 할 기회를 얻어야 할 것이다'라고 명기한 부분에 이르러서는 일본군대의 강경한 반발을 피할 수 없었다.

'단지 침묵할 뿐'

포츠담선언의 발표를 들은 일본정부는 우선 외무성이 선언의 검토에 들어갔다. 7월 27일, 외무성 간부회의에서는 선언 수락에 의한 전쟁종결이 유일한 방법으로 확인되었다.

그러나 최종적으로 선언의 내용은 전문의 신문게재를 허가했지만 구체적 대응책으로는 전혀 성명을 하지 않는다는 소극적 대응만이 합의되었다. 외무성으로서는 현재, 일소 교섭 중이기도 했으며 또 선언의 내용이나 연합국 측의 진의를 조회할 시간적 여유가 필요하다는 판단을 했다.

도고 외상은 같은 날 오전 중에 천황을 배알하고 선언의 번역문을 보이고 선언에 대한 대응은 신중을 기할 것, 일소교섭이 아직 지속중이며 그 향방을 정한 다음 결론을 낼 것, 등을 상소했다. 상소를 받은 천황은 특별히 선언에 대해 중대한 관심을 보이지 않았다고 한다. 단지, 가세(加瀬俊一)에 따르면 천황은 이 때, '원칙적으로 수락가능하고 생각한다.'고 말하고 있지만 확인은 불가능하다(가세(加瀬俊一), 『みずりー号への道程』).

천황도 외무성 당국도 기본적으로는 일소교섭에 의한 화평 공작의 실현에 대한 기대를 여전히 가지고 있었으며, 그 결과가 나올 때까지 '원칙적으로 수락가능'으로 했지만 이를 바로 받아들이는 데까지는 가지 못했다.

도고 외상의 수기에 따르면, 같은 날에 열린 최고전쟁지도회의 구성원회의의 석상에서 도요타 군령부총장으로부터 선언에 대해 어떤 반응도 보이지 않고 무시라는 소극적 자세로는 군의 사기에 악영향을 줄 가능성이 있으며, 일본 정부는 단호히 거부 의사를 공포해야 한다는 의견이 나왔다. 이어서 그날 오후에 열린 각의에서는 지난 외무성의 판단을 양해하고 공표 건에 대해서는 정보국의 지도에 의해 가능한 한, 눈에 뜨이지 않는 형태로 게재를 단행하게 되었다.

다음날 28일에는 선언의 내용이 각 신문에 게재되고 이를테면 28일부의 '요미우리 신문'은 '웃음을 멈추라, 대일 항복조건'의 표제와 함께 그 의미를 연합국의 '국내, 대일을 저울질한 교활한 모략'이라고 기말하고, 나아가 일본정부의 성명과 함께 '전쟁완수에 매진 제국정부 문제로 삼지 않고'라는 내용을 보도했다. 또 스즈키 수상은 기자회견에서 포츠담선언에 대한 소신을 질문받고 '정부로서는 그다지 중대한 가치가 있다고 생각하지 않는다, 단지 묵살할 뿐이다'라고 단언하기에 이른 것이다(7월 30일부 신문기사 앞의 책 『종전사록4』).

이 스즈키 수상의 '묵살' 발언의 배경에는 선언수락에 대한 거부의 태도를 하루 빨리 표명한 군부를 회유할 의도가 있었던 것도 분명하다.

실제로 포츠담선언 안에서 신문에 공포된 부분은 극히 한정되어 있었으며, 형편주의적인 해석과 요약으로 제 9항의 '일본국 군대는 완전히 무장이 해제된 후 각자 가정으로 복귀하여 평화적이고 생산적인 생활을 영위할 기회를 얻어야 할 것이다.'는 내용에 강하게 반발했다.

이 외에도 제 1항에서 제 5항까지는 전부 비밀에 부쳐지고 그 중에서도 제 4항의 '무분별한 타산에 의하여 일본제국을 멸망에 빠뜨린 억지 군국주의적 조언자에 의해 계속 일본이 통치되어야 할 지, 또는 이성의 경로를 일본국이 이수할 것인지를 일본국이 결정할 시기가 도래했다.'라고 하는 문장은 연합국이 분명히 일본의 전쟁지도가 군부를 중심으로 하는 군국주의적 세력에 의해 주도된 경위를 비판적으로 파악하고 있다는 것을 나타내는 것이었다.

당연히 거기에는 전후처리를 대일정책의 전제로 하는 전후 일본국가의 있어야 할 모습이 일본국의 주체적 선택이라는 표현으로 전망되고 일본정부와 일본국민의 진로결정·선택에 의거하는 방침이 나타났다.

그런 의미에서 포츠담선언은 분명히 평화에 대한 제언이라고도 할 수 있는 내용을 골자로 했다. 일본정부의 선언무시의 밑바탕에는 군부세력에 대한 배려나 선언내용에 대한 불신이라는 문제가 있었으며 동시에 일본의 지배세력이 국민을 전혀 신뢰하지 않았던 것을 들 수 있다.

다시 말해, 선언에 명기된 국민의 주체적인 정치판단을 회피할 길을 모색하기 시작한 것이 결과적으로 수락결정을 늦추는 중요한 원인이 된 것이다.

그런데 선언에 대한 명확한 거부를 공식적 견해로 공포해야 한다는 군부의 요구는 외무성도 정부도 받아들이지 않고 내용의 일부를 숨긴 채로 신문에 게재하고 수상의 '묵살' 발언으로 군부가 타협한 것은 군부세력의 후퇴를 엿보여 주는 것이었다.

따라서 스즈키 수상의 '묵살' 발언은 군부에 대한 영합 또는 타협의 산물이라기보다 천황 및 일본 정부의 적어도 주체적 판단으로 보아도 좋은 것이었다.

즉, 천황 및 정부는 소련의 중개에 의한 화평교섭에 대한 환영(幻影)을 버리지 않았으며, 또 '천황조항'의 명기가 없고 원칙적으로 '국민의 자유의사'에 맡긴다는 연합국 측과의 직접교섭에서는 국체보존에 대한 확신을 가질 수 없다고 판단한 것이다.

이 최종적 단계에 이르러서도 전혀 전망이 없는 일소교섭에 기대하여 전쟁종결의 최대 호기를 살리지 못하고, 단지 국체보존에 고착하여 국민의 전쟁피해에 대한 배려를 보이지 않는 지배세력의 정치책임은 비난받을 문제이다.

또 내부선언의 평가나 수락의 시비를 둘러싼 여러가지 대립을 가지고 있으면서도 일본정부를 대표하는 스즈키 수상의 입에서 '묵살'이라는 발언이 나온 것이 미국에 의한 히로시마·나가사키 원폭투하와 소련의 대일참전의 구실이 되었다. 그런 의미에서도 '묵살' 발언은 중대한 정치적 과실이라고 할 수 있다.

선언수락을 지연하다

스즈키 수상은 전후에 이 발언을 들면서 '내가 진심으로 유감스럽게 생각하는 점'(스즈키 간타로 술『종전의 표정』)이라고 회고했다.

그러나 '묵살'발언이 연합국 측에 전쟁지속의사의 표명으로 받아들여진 것은 명백하며, 그것을 승락했을 터인 스즈키 수상 스스로가 리더십을 발휘하여 조기에 선언수락의 결단을 내리지 않은 책임은 아주 무겁다. 하루라도 늦출 수 없는 상황 속에서의 지연은 용서받을 수 없는 것이었다. 이렇게 선언발표 후에 귀중한 시간이 흘러갔다.

이 때, 천황 자신도 오로지 소련으로부터의 회답을 기다릴 뿐, 전쟁종결에 대한 어떤 유효한 대책도 취하려고 하지 않았다. 천황은 그 사이 기도에게 "이세와 아츠타의 신기(神器)는 결국 자기 신변으로 옮겨서 지키는 것이 가장 좋다고 생각한다."(앞의 책『기도 고이치 일기』하권, 1945년 7월 31일경)고 말하고, 천황의 상징인 '3종의 신기'를 스스로의 손으로 지키고, 신슈 (마츠시로의 대본영)로의 이동을 고려하고 있었다. 이 천황의 결의는 선언수락에 의한 조기화평에 대한 기대보다도 본토결전 준비에 대한 의식이 여전히 강하게 남아있었다는 증거이기도 했다.

도조 내각의 각료들

기도는 전후에 선언수락문제에 관해서, 천황도 기도 자신도 선언의 수락에 의한 '화평'의 가능성을 기대했지만 군부내 강경파의 쿠데타와 반란의 위험성이 있었기 때문에 즉각 수락을 지연할 수밖에 없었다고 회고하고 있다. 틀에 박힌 변명이었지만 액면대로 받아들일 수는 없었다.

온갖 저항을 두고서라도 즉각 수락에 의한 조기화평의 실현
이 가장 필요한 이 시기에 천황 및 기도가 지연한 이유는 포츠
담선언 내용으로는 국체보존에 관한 확증을 얻을 수 없다고 판
단했기 때문일 것이다.

동시에 군 반란이 국내 정치에서의 혼란에 박차를 가하고,
그것이 '화평'을 부르는 천황 및 천황 측근들에 대한 공격으
로 전가되어 황실이 군부가 주장하는 본토결전의 길동무가
될 위험성이 있었던 것은 상상하기 어려운 일이 아니다. 객관
적으로 보더라도, 천황도 기도도 국체보존의 목적을 위해서
라면 아무것도 하지 않는 것이 최상의 방법이라고 판단한 것
과 같은 것이었다.

그 동안 미국은 일본의 항복을 재촉하고 소련을 견제하여
일본점령계획의 주도권을 잡아, 전후 극동지역에서의 발언권
을 확보할 의도를 가지고 8월 6일, 개발에 성공한 지 얼마 안
되는 원자폭탄을 먼저 히로시마에 투하하고, 이어서 3일 후인
9일에 나가사키에 투하하여 한순간에 30만 명 이상의 인명을
빼앗았다.

히로시마에 투하한 것은 트루먼 미 대통령에 의해 그 사실
이 세계에 공표되었다. 스즈키 내각은 당일 관계 각료회의를
개최하여 대응을 협의했지만, 조사 중이라는 이유로 그 사실

을 비밀로 하는 육군의 안이 통과하게 된다. 대본영 발표에서 원자폭탄을 '신형폭탄'으로 칭하고, 공포의 병기가 출현한 사실을 감추려고 했으며 정부 또한 이에 추종한다.

이때 천황은 원폭투하를 전기로 전쟁종결의 조기결단을 상소한 도고 외상에게 "그대로다. 이런 종류의 무기가 사용되는 이상 전쟁지속이 불가능해져서 유리한 조건을 얻으려고 전쟁종결의 시기를 놓치는 것은 좋지 않다고 생각한다."(앞의 책 『시대의 일면』)고 답했다고 한다.

그리고 또 조건에 대해 정부내부에서 결론이 나지 않자, 시급히 전쟁종결의 방향으로 결론을 낼 것을 희망하고, 스즈키 수상에게 그 취지를 전하도록 지시했다고 한다.

즉 『기도 고이치 일기』에 따르면, 그 때 천황은 '전쟁 수습에 있어 시급히 결정할 필요가 있다고 생각하기에 수상과 충분히 상담하도록 하라'는 발언이 기록되어 있다.

여기에서 천황은 교섭상대국이었던 소련에 대한 공포심으로부터 대일참전에 의한 소련공산주의의 침투와 그로 인한 국내 공산주의 혁명에 공포심을 가지고 있었다. 그만큼 일소교섭을 고집했는데도 불구하고 그 가능성이 없어지자, 거의 관심이 없었던 포츠담선언과 연합국 측과의 접촉에 의욕을 보이게 된다.

그렇다고 해도 천황은 종래의 전쟁종결에 대한 희망을 표명했을 뿐, 선언의 즉각수락을 지시한 것도 스스로 구체적 행동을 하려 한 것도 아니었다. 천황에게는 전쟁종결, 무조건항복, 선언수락이 전혀 별개의 것으로 파악되고 선언수락 - 무조건 항복 - 전쟁종결의 방법에 의한 '종전'공작방식의 채용이 머리에 떠오르지 않았던 것이다.

최후의 시국수습안

8월 9일 나가사키에 대한 원폭투하를 미국의 대일점령계획의 첫걸음으로 본 소련은 대일참전을 예정보다 앞당긴다. 이렇게 하여 당일 날, 소련은 결국 참전을 결정한다. 이 소련의 참전 사실이 판명되자, 천황과 그 측근들은 한꺼번에 선언수락으로 방향을 전환한다.

9일 미명에 소련의 대일참전의 정보를 손에 넣은 도고 외상은 스즈키 수상을 방문하고, 지난 번 천황의 발언과 지시를 받아, '급속히 전쟁종결을 진단할 필요'(앞의 책『시대의 일면』)가 있다고 설명하고 스즈키 수상도 이에 동의했다고 한다.

같은 날 오전 10시부터 개최된 최고전쟁지도회의 구성위원회의에서 도고 외상은 선언의 즉각 수락을 주장하고, 요나이 해상도 전쟁에 이길 확률이 없다며 전쟁수락으로 의견이 기울어지지만, 아나미 육상은 '장래에 대해 낙관할 수 없지만 이대로 전쟁이 끝난다면 야마토 민족은 정신적으로 죽은 것과 같다'(앞의 책 『패전의 일기』)고 하면서 수락반대론을 설했다.

육군은 여전히 추상적관념론을 반복하면서 선언수락에 의한 군대조직·기강해체의 위기회피에만 전력을 다했다.

회의에서는 요나이 해상이 무조건 수락이 우선 결정돼야 한다며, 도고 외상은 '국체보존'을 보류조건으로 하는 것 외에는 모든 조건을 불가로 했다. 이에 대해, 아나미 육상과 우메즈·도요타 양 통수부 부장은 국체보존 외에 보증점령·무장해제·전범처리문제에 대해 조건을 제시해야 한다고 했다.

여기에서 회의는 조건의 방침에 어떤 의문도 없이 결정되었을 뿐만이 아니라 조건을 하나로 줄일 것인지, 4가지 조건(1. 황실확인 2. 자주적 철병 3. 전쟁책임자의 자국에서의 처리 4. 보증점령할 것)으로 할 건지 다람쥐 쳇바퀴 식의 논전을 되풀이한다.

본래 심의는 포츠담선언 수락의 시비를 결정하는 데 있었으며, 선언의 제 5항에는 '대체 조건이 존재하지 않아 우리는 지연을 인정하지 않을 수 없다'고 명기되어 있으므로 선언은 명확하게 일본의 무조건항복을 요구한 것이었다. 그에 대해 일본정부가 요구를 거부하자, 2발의 원자폭탄과 소련참전이라는 수단으로 나오기 전에 즉각수락에 의한 즉각정전이 이들 지휘자들에게 요구된 최후의 정치선택이 되었어야 했다.

결국 회의에서는 유보조건의 조정으로 의견 조정이 이루어지지 않았으며, 오후 2시 반부터 개최된 임시각의 석상에서는 도고 외상도 요나이 해상의 1가지 조건론과 아나미 육상의 4가지 조건론이 심하게 대립하여, 거기에서도 의논의 결착을 보지 못한 채 암초에 오르게 된다.

그 사이 기도는 천황과 그 날만 해도 오전 9시 55분부터 5분간, 10시 55분부터 50분간, 오후 3시 10분부터 15분간, 4시 35분부터 35분간, 10시 50분부터 3분간, 11시 15분부터 12분간 실로 합계 6번, 시간으로 치면 2시간에 걸쳐 천황을 만나 최고전쟁지도회의와 임시각의의 교섭상황을 수시로 쫓으면서 천황과 방법을 찾았다.

또 같은 날 기도는 스즈키 수상, 시게미츠 전 외상, 고노에 등과 회견하고 또 다카마츠노미야와의 전화연락을 취하면서 사태의 추이와 타개책을 모색했다. 그 중에서 시게미츠 전 외상은 4가지 조건의 제시로는 결별이 필사적이라고 설하고, 다카마츠노미야는 조건제시 자체를 불가로 했다.

당사자인 기도는 4가지 조건론을 '방법이 없다' '어쩔 수 없다'(앞의 책 『호소카와 일기』 1945년 8월 9일경)고 누설하는 것으로 봐서, 적어도 9일 오전 중에는 4가지 조건론에 동조하였으며 천황 또한 기도와 거의 동일선에서 조건하의 수락을 생각했던 것으로 보인다.

그러나 기도는 접촉을 통하여, 시게미츠, 고노에, 그리고 다

카마츠노미야 등이 4가지 조건론에 대해 강한 의문을 품고
있다는 것을 알고 또 그들이 기도를 설득했던 사실도 있었기
때문에 기도는 1가지 조건론으로 급경사하게 된다.

특히 시게미츠는 나가사키에 원자폭탄이 투하되었다는 정
보가 들어오자, 기도와의 회담에서 "이번에는 군부를 누를 힘
이 없는 정부에 위탁하지 않고 천황이 직접 판단하여 결정하
는 것이 당연하다."(「시게미츠 문서 평화의 탐구 그 3」 앞의 책 『종전
사록 4』)고 제언하고, 천황의 판단='성단'에 의한 전쟁지속파
의 억제와 선언의 수락=전쟁종결의 단행을 요구했다. 『기도일
기』에 있는 '4시 시게미츠 씨 내실, 4가지 조건을 내건다면 결
렬은 필사적이라는 논에서 선처를 희망하고 있다.'(앞의 책 『기
도 고이치 일기』 하권, 1945년 8월 9일경)는 기술은 그 당시의 상황
을 잘 보여준다.

기도는 이를 받아들이고 시게미츠의 취지를 천황에게 상소
했다. 여기에서 처음으로 천황도 4가지 조건론을 포기하고 1
가지 조건론만으로 선언수락을 받아들인다. 기도는 이를 성
단에 의해 결정하는 의향을 굳혀갔다.

그런 의미에서 말한다면, 조건하이긴 했지만 선언수락과정
의 최종결정에서 천황이나 기도, 그리고 스즈키 수상도 정확
히 상황파악이 되어 있지 않았으며, 더구나 성단에 의한 선언
수락방식을 착상한 것은 아니었다.

　그것을 착상하고 그 때의 '성단'방식의 채용을 요구한 것은 다카마츠노미야, 고노에, 호소카와 등 정국의 지도권에 있던 말하자면 천황 측근의 궁중그룹이었다.

　이 때 천황이나 기도는 4가지 조건론으로 기울어지는 등 국제정세를 정확하게 이해하지 않았으며 또 사태를 수습할 능력도 결단력도 없어 혼란이 심해질 뿐이었다. 그것은 군부도 마찬가지였다.

　그래서 천황과 기도는 중신·궁중그룹이 제언하는 '성단' 결착방식에 최후의 도움을 요청한 것이었다. 최후의 시국수습책으로서의 '성단'은 이처럼 천황이나 기도의 '영단'도 '주체적 판단'도 아니었던 것이었다.

　이렇게 하여 임시각의에서는 결론이 나오지 않았지만, 오후 2시 50분부터 시작된 어전회의에서 각의의 경우와 같이 의논을 한 뒤, 천황, 기도, 스즈키의 사전회의대로 스즈키 수상의 '성단' 요청으로 천황은 도고 외상의 '항복조건론'을 채용할 취지의 발언을 했다.

　그 결과, 황실·천황 통치대권의 확인을 조건으로 하였지만 이 내용을 둘러싸고 또다시 분규를 초래하게 된다.

　　전전권력의 전후권력으로의 이동에 성공한 '성단'은 쇼와 천황에게 전후 일본에서 전쟁을 종식시킨 평화주의자로서의 이미지를 주게 되었다. 전후 일본에서 쇼와 천황은 전전의 군국주의의 최고사령관으로서의 입장을 망각하고 평화주의와 전후 부흥의 심벌로써 보여졌다. 그 과정에서 지난 날 일본의 침략전쟁이나 식민지지배에 대한 책임문제가 완전히 뒤쪽으로 밀려나는 결과를 초래했다. 실로 '성단신화'는 쇼와 천황과 전전권력뿐만 아니라 전후 일본과 일본인의 전쟁책임을 면죄시켜 갔다. 야스쿠니 신사에 대한 정치가의 참배행위도 실은 전쟁책임을 묻지 않으려는 일본사회의 현상을 나타내는 것이다. 전후 일본인들이 이 '성단신화'의 주문에서 벗어나지 못하는 한, 침략전쟁이나 식민지 지배책임을 제대로 파악할 수 없을 것이다. 그런 뜻에서 우리 일본인들은 이 '신화'를 타파하는 것이 급선무이다.

제4장
이어지는 '성단신화'

1. 항복결정 전후의 쇼와 천황

현실 인식이 결여된 천황

8월 9일 어전회의에서의 천황이 발언한 내용은 『기도 고이치 일기』에 다음과 같이 기록돼 있다. 그 중에서 중요한 부분만을 인용해 둔다.

본토결전, 본토결전이라고 하지만 가장 중요한 구주구리하마의 방위도 되지 않으며, 결전사단의 무장조차도 불충분하여 9월 중순 이후에 충실하게 된다고 한다. 비행기의 증산도 생각처럼 되지 않는다. 늘 하는 계획도 실행을 동반하지 않는다. 이대로 간다면 어떻게 해서 전쟁을 이길 것인가. 물론 용감한 군대의 무장해제와 전쟁책임자의 처벌 등, 그들은 충성을 다한 사람들이기에 그걸 생각하면 실로 참기 어렵다. 그러나 오늘은 참아내야 한다. 메이지천황의 3국 간섭시의 마음을 생각하며 눈물을 흘리면서 원안에 찬성한다.

(앞의 책 『기도 고이치 일기』 하권, 1945년 8월 10일경)

패전의 조서와 비슷한 주지의 이 내용의 최대 포인트는 군부가 명확히 주장하는 본토결전론을 부정하고 있다는 점이다. 천황은 그 해 2월, 고노에 상소문에서 제시된 전쟁종결방침에 소극적이지만 동의했으며, 그 때까지 군부의 전쟁지속론을 용인해 온 배경에는 오키나와 전과 그에 이어지는 본토결전의 성과를 배경으로 한 유리한 조건하에서의 전쟁종결이라는 환영(幻影)을 고집해온 것을 들 수 있다.

천황의 전쟁지도는 군부의 전쟁지속론을 일관적으로 용인하고 이를 질타하고 격려하면서 전개되어 왔다고 할 수 있다.

군부는 '만주사변'을 계기로 끊임없는 군사적 팽창정책을 시작하고 그 역할을 연출해 왔다. 실제로 천황과 군대는 일체로서 그 임무를 수행해왔다고 할 수 있다. 그리고 '대동아공영권' 등 여러 슬로건을 내걸면서 팽창정책을 억지로 추진하고 그 결과, 패배를 초래하게 된 것이다.

여기에 와서 천황은 그 군대의 무장해제·전쟁책임자의 처벌을 실시함으로써 군부 자르기를 단행해 갔다. 패배의 책임을 군부의 일신에 맡기고 군부를 희생하여 천황 및 천황제유지=국체보존의 길을 선택하려 했다. 여기에는 천황 자신의 전쟁책임은 전혀 언급되어 있지 않고 군부의 전쟁책임을 마지막까지 용인하고 질타하고 격려하여 일본의 전쟁정책을 시종일관 지도해온 최고책임자로서의 자세는 전혀 보이지 않는다.

거기에다 '3국 간섭시의 메이지 천황의 심경을 볼 수 있다'
는 부분에서 포츠담 선언의 수락결정이 청일전쟁의 결과 획득
한 중국의 랴오둥(遼東)반도를 러시아·프랑스·독일 등의 3
국에 의한 중국 반환요구에 군사능력의 한계로 인해 굴복할
수밖에 없었던 그 역사경위와 동일한 것으로 매겨졌다.

메이지 시대의 일본이 3국간섭을 분발재료로 재기를 기도
하고, 그 후에 국내 군사체제를 강화해온 역사를 교섭재료로
했다. 이는 포츠담선언의 수락결정이 훗날 재기를 기하기 위
한 과도적인 대응이라고 했다. 그것은 천황이 전쟁에 대한 반
성도 전혀 없이 선언수락에 의한 항복이라는 형태로 현실 인
식을 결락시켰다는 것을 보여준다.

한편, 선언수락이 발해지자 그 중에 천황조항에 관해서는
'천황의 국가통치의 대권을 변경할 요구를 포함할 수밖에 없
다는 양해하에 수락한다'라고 적혀 있다. 이에 대한 연합국의
회답(번즈 회답)이 12일에 들어온다(정식회답은 13일). 그러나 그
중에 천황조항의 내용을 둘러싸고 다시 정부내에서 분규한다.

그건 회답문 중에서 '항복 시부터 천황 및 일본국정부의
국가통치의 권한은 항복조항의 실시를 위해 필요하다고 인정
하는 조치를 쥐고 있는 연합군최고사령부의 제한하에 두는
것으로 한다'는 내용을 둘러싸고 한 것이다.

거기에서 천황의 국가통치권이 "연합군최고사령부의 제한

하에 둔다"고 하고, 또 "최종적으로 일본국의 정치형태는 '포 츠담선언'에 따라 일본국 국민의 자유를 표명할 의사에 의해 결정해야 한다"고 되어 있다.

이 번즈 회답에는 우선 군부가 반발을 나타내는 움직임을 보였다. 즉, 이 날 오전 8시 20분에 이미 우메즈·도요타 양 통수부 부장은 "적국의 의도가 명실공이 무조건항복을 요구하고 특히 국체의 근본이 되는 천황의 존엄을 모독"하는 것이며, 이대로 수락한다면 "국가의 내부적 붕괴를 초래하여 끝내는 우리 국체의 파멸, 황국의 멸망을 초래하는 것이라고 해도 과언이 아니라고 확신하는 바입니다."(1945년 8월 12일 참모총장 및 군령부총장 연립상소(초안 복사) 앞의 책『종전사록4』)라는 상소를 올렸다.

이에 호응하여 군부는 '회답의 조건을 단호 거부'하고, '대동아전쟁의 목적완수에 매진한다'는 결심을 확인하기 위해 최고전쟁지도회의 개최를 기획하고, 나아가 중국 파견군사령관 오카무라(岡村寧次) 대장의 회답은 '빛나는 영광 제국을 말살하는 것과 같으며 제국신민으로서 결단코 승복할 수 없다'(앞의 책『패전의 일기』)는 전보를 군중앙에 타전했다. 또 우메즈 참모총장과 아나미 참모육상은 연명으로 각 군의 동요를 제압하는 의미에서 각 군에 대해 '단호 계속'이라는 내용의 전보를 쳤다.

이어서 도고 외상이 천황을 만나 천황의 수락확인을 받으려고 했지만, 오전 12시 50분, 히라누마 추밀원의장이 스즈키 수상을 방문하여 포츠담선언 수락시와 달리 국체보존의 입장에서 이번에는 번즈 회답에 대한 반대를 표명했다. 히라누마는 그 후, 오후 1시 40분에 기도를 방문하여 수락을 철회하도록 천황의 설득을 의뢰했다.

이 날, 오후 3시부터 개최된 각료회담에서 이에 대한 회답 반대론자는 강경발언을 반복하여 아나미는 군대의 무장해제건도 승복하기 어렵다는 취지의 발언을 하고 회답문의 재조회를 요구했다.

이에 대해, 아베 모토키(阿部源基) 내상이나 마츠자카(松坂広政) 사법상 등이 동조하여 스즈키 수상도 결국, '무장해제를 강제하는 것은 제국 군인으로서 도저히 불가능하기에 전쟁지속을 결의해야 한다.'(「도고 외상 구술필기 전에 기하여」 앞의 책 『전쟁사록4』)라고 발언하고, 지난 '성단'에 의한 전쟁종결의 정책전환의 포기를 보여주기에 이른다. 그로 인해, 각의는 이번에도 같은 의견을 모으지 못하고 사태수습에 처했다.

천황의 동요와 변절

번즈 회답을 둘러싼 각내의 분열과 강경한 자세는 도고 외상으로 하여 일시적으로 사태타개를 위해 단독상소를 결의시

킬 정도의 사태에 있었다. 도고 외상이 단독상소를 결의한 배경에는 천황의 동요라는 문제가 있었다.

천황은 번즈 회답이 도착하자마자, 12일 아침 회답문을 설명하기 위해 배알한 도고외상에게 '상대방의 회답대로 가능하다고 생각하여 이를 받아들이도록 준비한다'고 지시하고, 회답이 도착한 직후에는 즉각수락의 의향을 분명히 했다.

그러나 각내에서의 논의나 군부의 강경자세 또는 히라누마 추밀원의장의 변절을 안 천황은 스즈키 수상에게 '그럼 열심히 연구하도록 하라'며, 즉각수락의 방침을 사실상 포기하고 갑자기 신중한 자세를 보이기 시작했다.

국체보존에 대한 보증이 확실하지 않다는 논의에 대해 천황은 동요와 수락유보의 의향을 나타낸 것이다. 이에 스즈키 수상도 정치력을 거의 발휘하지 못하고 아무것도 못한 채, 정국의 타개에는 어떤 유효한 수단도 쓸 수가 없었다.

스즈키 수상 자신은 본래 정국을 타개해 갈 만한 정치력도 의사도 없었으며 기본적으로는 정국의 흐름속에서 궁중그룹의 '온건파' 또는 '화평파'인 궁중·중신그룹에 들어가거나 군부의 '주전파'에 기울거나 해서 그 자세가 일정하지 않아 정국의 주도권을 장악하지 못하고 있었다.

그런 천황의 동요와 변절을 누르고, 두 번째의 '성단'과 기도 내대신에 의한 스즈키 수상의 설득공작을 강하게 말한 사람은 요나이 해상이었다.

요나이는 애초부터 수락찬성을 표명하고, 그 선상에서 각 내를 통일하여 회답 반대파를 누르려고 했다.

우선 요나이는 해군대신에게 아무런 연락없이 수락방침에 반대하는 상소를 행한 도요타 군령부 총장과 오니시(大西滝次郎) 군령부 차장을 엄하게 질책한다. 요나이는 이 때 '이미 성단이 내린 이상 절대로 어떠한 곤경이 있어도 생각에 맞추도록 만전을 기해야 한다'(요나이해상 담화 1945년 8월 12일경 앞의 책 『종전사록 4』)고 발언하고, '성단'의 절대성에 대해 무조건적인 복종을 강조했다.

'성단절대론'을 강조한 요나이는 '나는 말이 부적절하다고 생각하지만, 원자폭탄이나 소련참전은 어떤 의미에서 천재일우다. 국내정세로 인해 전쟁을 그만두었다는 말을 하지 않아도 된다. 예전부터 시국수습을 주장하는 이유는 적의 공격이 무서워서도 아니고, 원자폭탄이나 소련의 참전 때문도 아니다. 제일 먼저, 국내정세에 우려할 만한 상황 때문이다. 따라서 지금 그 국내사정을 표면상에 내지 않고 수습이 가능하다면 오히려 잘된 일이다.'고 술했다.

그 자신이 생각하는 가장 큰 우려는 항복=패배에 의한 군사기강 해체가 아니라 패전으로 인한 국내의 동란 또는 국내 공산주의의 혁명이었으며, 그로 인한 국체파괴였다.

또 요나이의 지적대로, 패전으로 인한 위기의 보다 절실한 문제는 천황을 정점으로 하는 천황제지배체제 국가가 일관적으로 요구했던 모험주의적 팽창정책의 결과, 축적된 국내의 여러 모순들이 한꺼번에 분출되는 것이었다.

그러한 모순들을 보여주지 않고 모든 것을 봉인한 채 패전책임을 뒤로 미루고, 또 국가체제에 대해 의문없이 전쟁종결로 가져가는 것이 무엇보다도 우선된 정치선택이었다. 실로 원자폭탄이나 소련참전을 구실로 하는 무조건항복은 요나이가 말한 대로 이러한 모순들을 숨기는데 절호의 기회가 되었다.

그건 고노에 상소문에서도 전개되었던 중신·궁중그룹의 일관된 사고방식이었다. 이를테면 기도가 번즈 회답의 수락을 꺼려하는 스즈키 수상을 설득할 때, '나는 지금 현재 가령 국내에서 동란이 일어날 걱정이 있다고 하더라도 단행의 필요를 역설'(앞의 책 『기도 고이치 일기』)한 것처럼, 기도로서도 선언수락에 있어 가장 큰 우려는 국내동란보다도 그로 인해 일어날 국체의 파괴였다.

이러한 중신·궁중그룹에 공통되는 국내모순 분출의 가능성에 대한 공포와 그로 인한 국체붕괴의 위기감이야말로, 그들을 근본으로부터의 전쟁종결과 천황의 '성단'을 카드로 조기전쟁종결로 향하게 한 최대 이유였던 것이다.

국체보존을 둘러싼 대립

연합국의 정식회답은 13일에 도착했다. 그날 새벽 아나미 육상은 기도를 방문하여 어디까지나 국체보존의 확증을 받을 수 없는 이상, 수락에 반대한다는 취지를 반복했다.

이 때 기도는 아나미의 견해에는 동의하지 않고, 그 일기에 '국체보존이라는 부분에서는 일치하지만 전망과 수단이 다르다'라고 말하고, 명확하게 군과의 사이에 선을 긋는 자세를 분명히 했다. 그 즈음에서 종래부터 육군에 치우친 것으로 보여졌던 기도는 육군과의 결별을 결심했던 것으로 보인다.

이는 곧, 패전으로 인하여 가까운 장래에 생길 패전책임문제의 군부로의 전가와 그를 위한 군부 자르기라는 자세가 엿보였다.

그 날 8시 반부터 최고전쟁지도회의가 개최되어 거기에서도 예상대로 아나미 육상, 우메즈 참모총장, 도요타 군령부총장 등 군수뇌가 연이어 국체보존의 확증을 얻을 것, 나아가 보증점령과 무장해제에 한정을 기할 것, 등을 요구해야 한다고 반복해서 주장했다.

이들 군수뇌부의 주장은 4시부터 열린 각의에서 다시 문제삼아, 이에 대해 내무대신·아베 모토키(阿部源基) 등이 지지를 발언하고 연합국측에 다시 한 번 조회의 필요성이 있다는 논의가 대두했다. 이들 수락반대론이나 수락찬성론은 기도가 말하는 것처럼 국체보존이라는 점에서는 완전히 동일한 것이며, 수락찬성론자가 선언의 내용에서 국체보존의 가능성을 적극적으로 타진하려는 것에 반해, 수락반대론자가 그 확증이 없다는 해석에 고집한 것이다.

결국, 수락찬성론자가 선언수락=항복=국체보존이라는 생각에 반해, 수락반대론자가 선언수락=항복=국체파괴로 본 것이다.

특히 수락반대론의 주세력이었던 육군주전파세력은 국체보존을 구체적이고 물리적으로 지탱하는 핵으로서 군대의 존재를 의미하고 있었으며, 일본군대의 무장해제(=일본군대의 해체)는 국체의 파괴와 동일레벨에서 인식되었던 것이다.

8월 10일에 개최된 중신회의 석상에서 도조 히데키는 '우리 육군을 소라의 껍질에 비유하여 껍질을 잃은 소라는 결국에 죽음에 이른다

도조 히데키

고 말하고 무장해제가 결국 우리 국체를 보존하며, 불가능하다면 그 이유를 술하라'(앞의 책『호소카와 일기』)고 했다고 하지만, 소라를 국체에, 그 껍질을 육군에 비유하여 국체와 육군과의 일체를 강조한 것이다.

육군의 해체는 국체의 사멸로 이어진다는 논리는 도조 혼자만의 생각이 아니라 육해군 주전파의 공통된 논리였다(『일본종전사』하권).

따라서 '온건파' 또는 '화평파' 전후에 불려진 궁중 · 중신 그룹 및 그 측근들과 '주전파' 또는 '전쟁지속파'로 불려진 육해군 그룹과의 대립은 국체를 둘러싼 해석과 국체보존의 방법을 둘러싼 차이에 불과했다. 양자 모두 국체보존에 의해 천황제를 견지하고, 패전에 의한 전쟁책임을 회피하여 그 조직과 권력을 온존시키려고 한 점에서는 전혀 차이가 없었던 것이다.

3시간에 이르는 각의회의에서 군부의 반대론은 차차로 소수의견이 되어 간다. 즉, '본의 아닌 것이라도 전쟁은 가망성 없다는 생각은 기본'이라고 해야 하며, 즉각 수락해야 한다고 설하는 도고 외상에게 이의를 제기한 사법대신 · 마츠자카 마사히로도 "그렇게 생각하신다면 받아들이겠습니다. 성단에 반대하지 않겠습니다."(시모무라 카이난 종전기, 앞의 책『종전사록 5』)라고 발언하고 실지로 예측된 '성단'에 대해 순종할 의향을 분명히 했다.

반대론을 주장하던 또 한 사람 아베 모토키 내상은 '국체보존이 안된다면 싸울 수밖에 없다'며, 그 때까지의 자세를 바꾸지 않았으며 '우리는 일억이 한 몸이 되어 국체보존에 매진해야 한다. 승리하지 못할 때는 일억 옥쇄밖에 없다.'며 어디까지나 강경론을 반복했다.

아나미 외상도 국체보존의 입장에서 "단단한 결의를 가지고 교섭하는 것에 광명이 있으며 전쟁으로 인도하지 않고 어느 정도까지 반영하는 것이라고 믿는다. 취해야 할 수단은 단호히 해야 한다."고 말하고, 한 발작도 움직이지 않았다.

또 아나미는 도고외상의 반론에도 무장해제·보증점령의 제한조건을 요구해야 하며, 그 이유로 '우리에게 여력이 남아 있다. 여기에 판단의 차이가 있다.'고 했다. 이렇게 하여 양자의 대립은 해소되지 않은 채 각의가 진행됐다.

이를 보고 스즈키 수상은 국체보존에 처음부터 위험을 느끼고 있었지만, 그렇다고 해도 어디까지나 전쟁을 지속하는가 하면 송구스럽게도 어심은 이 기회에 정전하라는 천황의 전쟁종결의 의향을 방패로 반대론에 찬성하지 않는다는 입장을 선명히 했다.

그리고 '신하의 충성을 다하는 입장에서 본다면 싸워나가는 것도 생각할 수 있지만, 자기들의 마음만은 만족할 수 있어도 일본이 어떻게 될 지 진정 위험천만이다. 처해질 위험을 파악한 후에 성단을 내린다면 우리는 그에 따르는 것밖에 길이 없다고 믿는다. 따라서 나는 그런 의미에서 오늘날의 각의가 있는 그대로를 말씀드리고 성단을 받을 생각입니다.'라고 거의 전체의 논의를 거쳐 최종적으로 군부가 설하는 철저항전에 의한 국체보존론을 거부하고 국체보존을 위해서는 천황의 의향에 따르는 형태로 전쟁종결의 필요를 설명했다.

그리고 각의에서는 수락의 시비에 관해 결론을 내지 않고, 최후 결정은 천황에게 맡긴다는 것으로 명확한 천황의 의사결정에 의해 전쟁종결로 가져가려고 한 것이다. 물론 이건 기도 등의 궁중·중신그룹 사이에서 사전에 타협된 시나리오대로였다.

2번째의 '성단'

이날 그 때까지 국민들에게 완전히 비밀로 했던 회답문의 내용을 알리는 전단이 미군의 비행기로부터 투하되었다.

이를 알게 된 기도는 '전국(全國)이 혼란에 빠질 위험이 있다'(『기도 고이치 일기』)는 강한 위기감을 느끼고 '각료와 최고전쟁지도회의연합의 어전회의를 소집하여 단숨에 전쟁종결의 명령을 받아 종전의 제안을 명령해 주길 바란다'(『종전사

록 5』)라는 의도하에 14일 오전 8시 40분 기도는 스즈키 수상
과 함께 천황을 배알한다. 거기에서 예정대로 어전회의의 소
집을 상소했다.

그리고 천황 스스로 오전 10시부터 각료·최고전쟁지도회
의연합의 어전회의를 소집했다. 어전회의에서는 스즈키 수상
이 기술한 각의의 모습을 보고하고, 다시 '성단'을 상소한다.
그 후에 아나미 육상, 우메즈·도요타 양 통수부 부장에게 반
대의견을 표명할 기회가 주어졌다. 천황의 '성단'이 내려진
것은 그 직후였다.

그 때 천황은 '자신의 단단한 결의는 변함이 없다. 내외의
정세, 국내의 정세, 우리의 국력과 전력으로 판단하여 가볍게
생각할 것은 아니다. 국체는 적도 인정하고 있으므로 전혀 불
안하지 않다'(1945년 8월 14일 오전11시 궁중 방공실에서의 어전회
의)『패전의 일기』라고 단언했다.

반대론자가 고집한 국체보존에 관해서는 '전혀 불안하지
않다'고까지 했다면 '성단'이라는 천황의 권위 앞에서 반대론
자도 납득하지 않을 수 없었다. 이렇게 하여 군 중견층 쿠데타
계획이 진행되고 있었지만 군수뇌의 반대론은 종식을 맞이하
게 된다.

어전회의를 받아 각의가 열리고, 거기에서 포츠담선언을
수락하여 연합국에 항복하는 것이 정식으로 결정되자, 전쟁

종결을 국내외에 공표하기 위해 천황이 명한 전쟁종결의 '조
서'가 작성되었다. 그것은 천황이 직접 마이크 앞에서 수록한
녹음반이 8월 15일 정오 라디오로 방송되었다. 소위 옥음(玉
音, 신의 목소리) 방송이다.

  그 내용은 이번 전쟁에 대해 천황 및 일본의 전쟁지도자가
어떻게 총괄했는지를 명확히 했다.

종전의 조서

  그런데 여기서 다시 한 번, '성단'의 배경을 찾기 위해 '종전
의 조서'를 읽어두자. 우선 시간을 항복결정과정으로 돌려본다.

  최고전쟁지도회의 석상에서 육상과 양 통수부총장의 조건
항복론과 도고 외상의 국체보존 조건론이 대립하여 결론이
나지 않았지만, 스즈키 수상은 천황에 대해 '성단'을 요구하
고 천황은 도고 외상의 의견에 따라 포츠담선언 수락과 국체
보존의 조건에만 동의했다.

  이를 연합국에 대해 중립적인 입장에 있던 스위스, 스웨덴
의 양국 공사를 통하여 회답시켰지만, 미국 번즈 국무장관은
'일본국의 최종적 정치형태는 포츠담선언에 따라 일본국 국
민의 자유를 표명하는 의사에 의해 결정해야 할 것이다.'고
회답하여 사실상 국체보존의 조건은 삭제되었다.

번즈 회답을 받고, 각의와 최고전쟁지도회의는 한층 분규하여 육상과의 양 통수부총장은 재조회를 주장했지만, 스즈키 수상은 또다시 천황에게 '성단'을 요청하여, 천황은 자신의 의지에 의하여 무조건 항복을 결의하는 두 번째 '성단'을 통해 종전결정이 내려졌다.

'성단'을 내릴 때, 천황은 즉시 조서를 작성하도록 명했다. 그러나 실제로 조서는 그 앞에 제 1차의 '성단' 후부터 작성이 진행되고 있었다. 조서 작성에 임한 것은 사코미즈 히사츠네(泊水久常) 내각서기 관장과 한학자 가와타 미즈호(川田瑞穗)이다. 우선 가와타가 초안을 만들어 '짐은 진심으로 세계의 많은 사람들과……'라는 문장이 완성된다. 그것을 기초로 사코미즈가 제 2고를 써 나갔다.

여기에 가필한 사람이 양명학자이자 대동아성(大東亞省=전전의 아시아 식민지정책 관청)의 고문인 야스오카(安岡正篤)였다. 야스오카 안에 있어, 중요한 개정안으로 유명한 '참기 어려움을, 참아내기 어려움을 참아서' 전후로 한 문장이 있었다. 즉 앞에는 『춘추사시전』에서 발취한, '의명이 존재하는 곳'이라는 한 문장을 넣고, 뒤에는 『근사록(近思錄)』에서 '만세를 위해서 태평을 열기를 바란다'(차조노(茶園義男) 『비밀의 종전조칙』)가 들어 있었다.

즉, 야스오카 초안에서 그 유명한 일문은 '의명이 존재하는

곳, 참기 어려움을 참아, 참기 어려움을 참아내어 만세를 위하
여 태평을 열기를 바란다.'는 형태였던 것이다.

이 형태로 14일 오후 4시, 각의에 제출되었지만, 각의에서
동의를 받지 못했다. 특히 포츠담선언 수락반대의 선봉이었
던 아나미 육상이 세부에 걸쳐 '조서안'에 클레임을 걸었기
때문이다. 야스오카가 고친 '의명이 존재하는 곳'은 '시대의
운(時運)이 향하는 곳' 등으로 변경되고, 정정한 곳은 결국 40
군데나 되었다. 천황이 황거내에 NHK에 의해 설치된 녹음실
에 들어간 것은 오후 11시 반경이었다. 이렇게 하여, 천황 스
스로가 조서를 낭독하는 '옥음반'은 완성되었다.

그런데 사코미즈는 후에 다음과 같이 술한다.

즉, '벌써 몇 번이나 고쳤는지 모르겠다. 10일 밤 11일, 12
일, 13일 밤. 즉 그것이 정말 사용할 수 있는 단계인지 아닌지
몇 개 단계에서 각각 죽임을 당한다면 어둠에서 어둠으로 매
장될 때마다 선전의 조칙이 나올지도 모르니 죽임을 당한다
는 것은 당연히 생각했어요'(국립국회도서관 헌정자료실 소장 「정
치담화실 사코미즈(迫水久常) 종전관계 2・26사건 등」). 사코미즈는
군사 쿠데타를 아주 무서워했던 것이다.

최악의 사태는 15일 오전 1시가 지난 옥음반 탈취미수사건
으로 현실화된다. 그러나 탈취는 미수에 끝나고, '조서'는 정
오에 방송되었다. 그 전문은 다음과 같다. 유명한 문장이지만

역사적인 문장으로 쇼와 천황이 가진 전쟁인식의 기본이 나
타나 있다.

詔書

　朕深く世界の大勢と帝国の現状とに鑑み非常の措置を以て時局
を収拾せんと欲し茲に忠良なる爾臣民に告ぐ朕は帝国政府をして
米英支蘇四国に対し其の共同宣言を受諾する旨通告せしめたり

　抑々帝国臣民の康寧を図り万邦共栄の楽を偕にするは皇祖皇宗
の遺範にして朕の拳々措かざる所曩に米英二国に宣戦せるも亦実
に帝国の自存と東亜の安定とを庶幾するに出て他国の主権を排し
領土を侵すが如きは固より朕が志に非ず然(しか)るに交戦已に四歳
を閲し朕が陸海将兵の勇戦朕が百僚有司の励精朕が一億衆庶の奉公
各々最善を尽くせるに拘らず戦局必ずしも好転せず世界の大勢亦
我に利あらず加之敵は新たに残虐なる爆弾を使用してしきりに無
辜を殺傷し惨害の及ぶ所真に測るべからざるに至る而も尚交戦を
継続せんか終に我が民族の滅亡を招来するのみならず延て人類の
文明をも破却すべし斯の如くむは朕何を以てか億兆の赤子を保し
皇祖皇宗の神霊に謝せんや是れ朕が帝国政府をして共同宣言に応
ぜしむるに至れる所以なり

　朕は帝国と共に終始東亜の解放に協力せる諸盟邦に対し遺憾の
意を表せざるを得ず帝国臣民にして戦陣に死し職域に殉じ非命に

斃れたる者及其の遺族に想を致せば五内為に裂く且戦傷を負い災
禍を蒙り家業を失いたる者の厚生に至りては朕の深く軫念する所
なり惟思うに今後帝国の受くべき苦難は固より尋常にあらず爾(な
んじ)臣民の衷情も朕善く之を知る然れども朕は時運の趨く所堪え
難きを堪え忍び難きを忍び以て万世の為に太平を開かんと欲す

朕は茲に国体を護持し得て忠良なる爾臣民の赤誠に信倚し常に
爾臣民と共に在り若し夫れ情の激する所濫に事端を滋くし或は同
胞排擠(はいせい)互に時局を乱り為に大道を誤り信義を世界に失う
が如きは朕最も之を戒む宜しく挙国一家子孫相伝え確く神州の不
滅を信じ任重くして道遠きを念い総力を将来の建設に傾け道義を
篤くし志操を鞏(かた)くして国体の精華を発揚し世界の進運に遅れ
ざらんことを期すべし爾臣民其れ克く朕が意を体せよ

조서

짐은 세계의 대세와 제국의 현상황을 감안하여 비상조치를 하
여 시국을 수습하고자 충량(忠良)한 너희 신민에게 고한다. 짐은
제국정부로 하여금 미·영·중·소 4개국에 대해 그 공동선언을
수락한다는 뜻을 통고하였다.

본래 제국 신민의 강녕을 도모하고 일본국가의 번영과 국가발
전을 위해 천황계는 그 역할에 임해왔다. 일찍이 미·영 2개국에
선전포고를 한 까닭도 실로 제국의 자존과 동아시아의 안정을 간

절히 바라는 데서 나온 것이며, 타국의 주권을 배격하고 영토를 침략하는 행위는 본래 짐의 뜻이 아니다. 그런데 교전한 지 이미 4년이 지나 짐의 육해군 장병이 용감하게 싸우고, 짐의 우수한 관료들이 열심히 일을 해 주고, 짐의 일억 국민들이 최선을 다했는데도 불구하고 전국(戰局)이 호전된 것은 아니었으며 세계의 대세 역시 우리에게 유리하지 않다. 뿐만 아니라 적은 새로이 잔학한 폭탄을 사용하여 번번이 무고한 국민들을 살육하여, 그 피해는 참으로 헤아릴 수 없는 지경에 이르렀다. 더욱이 교전을 계속한다면 결국 우리 민족의 멸망을 초래할 뿐 아니라, 나아가서는 인류의 문명조차도 파국의 길로 갈 것이다. 이렇게 되면 짐은 무엇으로 국민의 안전을 지키고 천황의 선조들에 대해 사죄할 수 있겠는가. 짐이 제국정부로 하여금 공동선언에 응하도록 한 것도 이런 까닭이다.

짐은 제국과 함께 시종 동아시아의 해방에 협력한 여러 국가에 대해 유감의 뜻을 표하지 않을 수 없다. 제국신민으로서 전쟁에서 목숨을 잃고, 직업으로 인해 순직하여 비명에 간 자 및 그 유족을 생각하면 오장육부가 찢어진다. 또한 전쟁에서 상처를 입고 재화(災禍)를 입어 가업을 잃은 자들의 후생(厚生)에 이르러서는 짐의 우려하는 바 크다. 생각건대 앞으로 제국이 받아야 할 고난은 대단히 많을 것이며, 너희 신민들의 충정도 짐은 잘 알고 있지만, 짐은 시대의 운에 따라 참기 어려움을 참고 견디기 어려움을 견뎌, 만세(萬世)를 위해 태평한 세상을 열고자 한다.

짐은 국체(國體)를 보존하고, 너희 신민의 신심을 믿고 의지하며 항상 너희 신민과 함께 할 것이다. 만약 격한 감정을 이기지 못하여 함부로 사단을 일으키거나 혹은 동포끼리 서로 배척하여 시국을 어지럽게 함으로써 향할 길을 잘 못 가거나, 세계에서 신의(信義)를 잃거나 하는 일은 짐이 가장 경계하는 것이다. 아무쪼록 국민들이 모두 일치단결하여 자손이 서로 전하여 굳건히 일본의 불멸을 믿고, 책임은 무겁고 길은 멀다는 것을 생각하여 장래의 건설에 총력을 기울여 도의(道義)를 두텁게 하고 지조(志操)를 굳게 하여 맹세코 국체의 정화(精華)를 발양하고 세계의 발전에 뒤지지 않도록 하라. 너희 신민은 이러한 짐의 뜻을 명심하여 지키도록 하라.

조서는 우선 이번 전쟁종결을 위해 '비상조치를 하여 시국수습'을 한다며 '성단'에 의해 전쟁종결을 행한 사시를 강조하고 전쟁종결에 이른 원인을 '전황은 반드시 호전'하지 않았다는 점에 있다며 전황의 악화와 일본의 패배라는 사실에는 완전히 눈을 감는다.

그리고 적의 '잔악한 폭탄'(원자폭탄)에 의하여 많은 사상자를 내는 결과가 되어 이대로 전쟁을 지속한다면 일본국민의 멸망과 인류문명의 파멸을 초래할 위험이 있어, 이를 '성단'

206 쇼와 천황과 일본패전

에 의하여 구했다고 했다.

또 이번 전쟁은 '제국신민의 강녕을 도모하여 온 세상의 공영'할 것, 또 이번 전쟁은 '제국의 자존과 동아의 안정을 진심으로 바라는 것'에 있다고 하고, 중국을 비롯하여 아시아 제국으로의 침략전쟁이나 조선 등으로의 식민지지배에 의하여 많은 인적 물적 손해를 주고 일본국민에게도 헤아릴 수 없는 많은 고통을 준 아시아태평양전쟁의 책임의 소재를 모른 체했다.

그 뿐만 아니라, 어디까지나 이번 전쟁이 일본의 자립과 아시아의 안정을 바라는 실로 '대동아공영권'의 건설을 기도한 사업의 일환이라고 한다. 거기에는 항복의 문자는 전혀 사용되지 않고, 이어서 침략의 사실도 패배의 결과도 심각한 반성도 전혀 보이지 않았다.

더욱이 '성단'에 의한 전쟁종결의 결과, "짐은 국체를 보존하여 충성된 신민의 신심을 믿고 의지하며" '신주(=일본)의 불멸'을 믿고 국가재건을 해가야 한다고 했다.

여기까지 와서도 변함없이 '국체보존' '일본불멸'이 금과옥조처럼 사용된다. 그건 전쟁종결로 인해, 천황제국가의 일대 사업이 일단 중단되었지만, '신민의 적성(赤誠)' 즉 일본국민의 천황에 대한 충성심을 믿고 의지하여, 지금까지 추구해온 목표를 다시 실현하자는 문장내용으로 전체가 정리되어 있다.

이렇게 하여 선언수락에 의한 무조건항복이라는 사실이 은

폐되는 속에서 패전으로 인한 전쟁지도·정치지도의 최고책임자로서의 천황은 완전히 모습을 감추고, 그 지위와 천황제를 온존하려는 새로운 시나리오가 이 '전쟁종결의 조서'에서 교묘하게 만들어지게 된 것이다.

더구나 천황 스스로가 국민들을 향해 육성으로 호소하는 식의 형태를 채용한 것은 전쟁의 피해와 패전의 충격으로 혼란의 극치를 이루는 예측된 대부분의 국민들 중에서 천황의 전쟁책임을 면하는 심리적인 효과를 낳게 된 것이다.

'성단신화'의 형성

전쟁의 개시와 종결이 천황의 '성단'에 의해 결정된 것은 얼마간의 중요한 문제를 제공하고 있다. 반복할 필요도 없이 먼저 첫 번째는 천황의 명확한 의사에 의해 미일전쟁이 개시되고 아시아태평양전쟁이 종결한 점이다.

구헌법에서의 천황대권의 형태로 봐서 천황이 본질적으로는 국가사상을 결정하는 주체가 될 수 없는 존재였다.

그런데도 불구하고, 구헌법의 규제를 넘어선 '성단'이라는 형식으로 미일개전을 결정하여 아시아태평양전쟁을 종결할 수 없었던 것은 천황의 대권을 대행하는 정치·군사기강이 그 내부조정과 통제에 한계에 오자, 최종적으로 천황의 권위

를 배경으로, 조정과 통합에 의존할 수밖에 없는 국가체제였
던 것을 구체적으로 나타내게 되었다.

메이지 국가체제가 국가긴급사태에 빠졌을 때, 국회도 내
각도 또는 거대한 관료기강도 어떤 유효한 기강을 발휘하지
못하고 천황의 권위에 매달릴 수밖에 없었던 것은 근본원인
을 메이지 국가체제의 분권성이라는 점에서 찾을 수 있다. 바
꾸어 말하면, 본서의 '서두'부분에서 다룬 것처럼 전전국가는
다원적연합체였던 것이다.

그건 천황제지배체제의 약점을 극복하고 나아가 비상사태
를 타개하기 위해서는 천황이 가진 대권을 뛰어넘는 '권위'라
는 초헌법적인 대응에서만 가능하다는 것을 증명해보였다.

그래서 패전에 의해 국가조직을 크게 변경, 천황제를 물리
적으로 뒷받침한 군사조직의 해체, 헌법의 전면적 개정과 같
은 정치개혁에 의하여 천황제는 새로운 역할을 받아 온존될
소지가 있었다. 천황의 정치권력은 패배에 의하여 잃었지만,
천황의 권위는 '성전'이라는 정치적 의식(儀式)에 의하여 반대
로 올라갈 기회를 얻은 것이다.

거기에서 두 번째의 문제로써 '성전'에 의한 개전결정 및
전쟁종결방식이 채용되어 아시아태평양전쟁의 전쟁책임의
소재를 애매하게 하고 전쟁행위를 발동하게 한 국가의 의사
를 불명확하게 하는 결과를 초래하게 된 것이다.

다시 말해 '성단'은 전쟁책임을 지지 않을 뿐만 아니라, 천황제기강을 전후의 신 국가체제로 슬라이드 시키기 위해 중요한 역할을 담당한 것이다. 전전과 전후가 일련의 점령정책 과정에서 점차로 분단되는 한편, '성단'을 출발점으로 한 새로운 천황제기강의 재편이 확실히 진행되고 있었다.

거기에서도 '성단'은 천황을 주축으로 한 패전직후의 보수권력을 구성하는 궁중·중신그룹이 연출한 전후 경영을 안목에 넣은 일대 정치 프로젝트였다고 할 수 있다. 이들 그룹은 천황의 전쟁지도정책의 실패와 책임을 불문에 부치고 천황제기강을 온존하는데 성공한다.

전후의 보수재편강화 과정에서 이 '성단'에 의해 '평화' 천황으로 변화한 새로운 천황을 '상징'한다는 형식에서 이용해 온 것이다.

남은 또 하나의 문제가 있다. 전후 많은 '평화천황'론이 유포되고, 그 과정에서 천황의 '성단'에 의하여 '평화'가 이루어지고, 국민을 전쟁의 참화로부터 구했다는 '성단신화'는 문자 그대로, '신화'이며 역사의 왜곡 이외에 아무것도 아니다.

즉, 전후 천황제의 존재 자체가 '성단신화'의 형성을 필요로 한 것은 논할 필요도 없다.

단지, 여기에서 다시 확인해 두어야 할 것은, 앞에서 기술한 것처럼 '성단'방식의 착상과 채용이 천황자신의 '결단'이나 '주체적 판단'이 아닐지라도 국체보존이라는 궁극적인 목적을 위해 '성단'에 의하여 전쟁종결을 도모하려는 정치공작에 천황자신이 처음부터 깊이 관여했던 것이다.

분명히 '성단'시나리오는 천황의 측근들에 의해 준비되었다. 그러나 동요와 변절을 반복해 오면서도 천황이 최종적으로는 이를 받아들이고, 시나리오대로 '훌륭히' 연기해낸 것을 보았다. 그건 국체보존 문제에서 궁지에 몰린 천황이 취한 최종적인 정치선택이었다. 그로써 '성단'은 천황의 주체적인 선택이 된 것이다.

다시 말해, 아시아태평양전쟁이 천황 또는 천황을 정점으로 하는 천황제국가의 명확한 의사에 의하여 강행된 침략전쟁이며, 전쟁을 개시하고 전쟁을 종결시킬 수 있는 유일한 존재가 천황이었다는 증명이기도 하다. 그 사실을 숨기기 위해서, 현재에까지 이어지는 '성단신화'가 중요한 역할을 담당하고 있다.

따라서 '성단신화'의 허구성을 깨지 않는 한, 쇼와 시대를 총괄하는 것 또한 어려운 일이다. 그러한 이유로 다음 절에서는 전후의 '성단론'의 유포가 아시아태평양전쟁을 총괄하는 데 있어 대체 어떤 영향을 주었는지에 대해 검증해 보려고 한다.

2. 전후 '성단론'의 유포와 의미

전후 '성단신화'의 형성과 경위

1989년 1월, 쇼와 천황이 서거한 뒤, 미국 와이오밍 주 케스퍼에서 마리코·테라사키·미라에 의하여 쇼와 천황의 구술 서류가 발견되어 화제를 불렀다.

마리코·테라사키·미라는 전후 얼마 지나자 않고, 구나이쵸에서 일하던 데라사키와 미국인 여성 괜드렌·하롤드 사이에서 태어난 딸이다. 그녀의 아들인 콜이 미라댁에 소장되어 있었던 이 문서를 발견하여 1990년 12월호의 『문예춘추』에 전문이 게재되었다. 그 뒤에 『쇼와 천황 독백론』이라는 단행본으로 출판된다.

그건 마츠다이라 요시타미(松平慶民) 궁내대신, 마츠다이라 야스마사(松平康昌) 종질료총재, 기노시타 미치오(木下道雄) 시종차장, 이나다(稲田周一) 내기부장, 거기에다 구나이쵸에 소속되었던 데라사키(寺崎英成)가 1928년 9월 장쮜린(張作霖) 폭살사건으로부터 패전에 이르기까지 거의 15년간에 걸친 사건과 그에 대한 천황의 감상을 듣고 기록한 것이다.

이미 많은 것들이 명확해졌지만, 도쿄재판을 앞두고 쇼와 천황에게 전쟁책임이 파급하지 않도록 변명서를 서둘러 작성한 것이다.

독백록은 쇼와 천황 및 그 주변이 천황의 소추를 회피하기 위해, 전쟁책임의 소재를 지지 않으려고 시도한 정치적 행동에서 나온 것이었다.

문제는 소추회피라는 소극적인 행위뿐만이 아니라, 결론부터 말한다면 전후 유포된 쇼와 천황이 전후 일본의 평화 '추진자'라는 새로운 상징을 만들어냈다는 점에서 적극적인 시도가 된다.

그렇다면, 소위 '성단론'은 대체 어떤 식으로 형성되었으며, 전후 일본사회에 어떤 역할을 담당하게 되었는가.

전후에 유포된 '일본인의 멸망을 가까스로 제지한 대성단'이라는 '이야기'는 어떤 의미로 전후 일본인들에게 전승되어 갔는가.

그 전에 쇼와 천황 자신이 '성단'의 경위에 관해서 직접 들었던 두 가지 증언을 인용해 두자. 첫 번째는 1950년 9월 8일, 기자회견 석상에서 '전쟁종결에 관한 일본의 결단에 대해 폐하는 어디까지 관여한 것입니까?'라는 기자의 질문에 대답한 내용이다.

원래 이러한 것은 내각이 해야 할 것입니다. 보고는 들었지만, 마지막 어전회의에서 결론이 나지 않은 결과, 나에게 결정을 의뢰한 것입니다. 나는 종전을 나 자신의 의사로 결정했습니다.

〈다카하시(高橋紘)『쇼와 천황 발언록』〉

두 번째는 전후 쇼와 천황이 저명한 독일인 저널리스트인 버나드·크리셔(Bernard Krisher)의 인터뷰(1975년 9월 20일)에 답한 발언이다.

종전시 나의 의견에 의해 결정했습니다만, 그 때는 총리대신이 자기가 정리할 수 없어서 제 의견을 얘기한 것뿐입니다. 전쟁 전에는 각의에 의하여 정해졌으므로, 그렇게 정해진 것을 제 의견에 의해 바꾸는 것이 불가능하다는 것은, 일본 헌법이 말하고 있다. 헌법을 준수한 것입니다.

〈버나드·크리셔『인터뷰 천황으로부터 후와데츠조(不破哲三)까지』〉

전후 반복하여 주장해 온 '천황 로봇'론을 천황자신이 스스로 말한 케이스다. 많은 천황면죄론의 전형적 예지만 내각이 '정식'으로 결정하여 상소한 것은 아무리 천황이라 할지라도 거부할 수 없다는 원칙이 상식화되어 있었다.

그 근거로, 대일본제국헌법 제 55조 5항의 조문규정을 들

수 있다. 거기에는 '국무 각 대신들은 천황을 보필하고 그 직책에 임한다'고 되어 있으며, 보필자=내각우위의 원칙이 문자 그대로 입헌주의의 이유가 된다.

과연 그럴까? 분명히 이 경우, 내각일치의 원칙에 의하여, 내각의 구성원인 전각료의 동의가 불가결하지만 천황의 신하인 각료는 천황의 의사가 어디에 있는지를 파악하고 상소하는 것이 원칙이었다. 따라서 천황의 의사와의 불화합은 절대로 용서되지 않는다.

그런 의미에서 상소는 형식이 아니라 실질적으로 천황주변에서 어느 정도 결론이 준비되어 있었고, 상소는 그에 따라 작성된 것에 불과했다. 포츠담선언을 수락한 경위에도 천황이 최종적으로 수락에 동의하고, 그것을 받아들이는 형태로 내각이 수락문서를 상소한 것이었다. 즉, 쇼와 천황의 인터뷰에 대한 회답은 분명히 형식적 논리를 전면에 내어 실태를 은폐하는 것에 불과하다.

그렇지만 이러한 형식논리가 패전 직후부터 버젓이 통과하는 정치적 배경이야 말로 문제였다. 분명히 극동군사재판(이하, 동경재판)을 통하여, 연합국으로부터 일본의 전쟁책임을 엄하게 질문받는다.

동경재판의 경위나 결과에 대해서, 여기에서 자세히 논하지 않았지만, 만약 그게 승자에 의한 재판'이든, '국제법에 따

른 공정한 재판'이든, 문제되는 것은 쇼와 천황의 '막료'들이
며, 쇼와 천황 자신이 아니었던 것은 분명하다.

연합국측, 특히 미국에게 전후 국제질서의 재구축을 향한
정치의도가 배경에 있었던 것은 역사적인 사실이지만, 아무
튼 최고전쟁책임자인 쇼와 천황이 소추를 면했다는 사실 그
자체가 전후 유포되는 '성단론'의 중요한 근거가 된 것은 틀
림없다.

'성단론' 그 자체의 유포는 결코 미국을 중심으로 하는 연
합국측의 의도는 아니었는지도 모른다. 결과적으로 쇼와 천
황의 면책은 전쟁책임문제를 불투명하게 했을 뿐만 아니라,
전후 일본 사회가 당연히 향해야 할 전쟁책임의 소재를 추구
하는 작업 그 자체를 뒤로 미루게 된다.

한편, 그건 '성단론'의 유포라는 사태를 부르게 되었고, '성
단론'은 쇼와 천황의 전쟁책임자론을 봉인했을 뿐만 아니라,
거꾸로 쇼와 천황의 전후 평화구축의 최대공헌자·공로자로
서의 지위를 만들어 주게 된다.

더구나 그건 결코 우연이 아니라 의도적이고 정치적인 고
도의 판단으로 만들어진 점에 주목하지 않으면 안 된다. 다시
말해, 그건 자의적인 역사해석의 강요이며 역사의 왜소화라
고도 해야 할 행위이다.

전후 천황제 유지를 위한 '성단론'

전전의 천황제가 헌법의 개편만이 아니라, 재정면에서도 황실재산·자산의 동결이 점령정치의 중요한 일환으로 강행되면서, 천황의 정치적 물리적인 기반이 크게 축소되어 온 것은 사실이다. 그러나 한편으로는 쇼와 천황은 신헌법제정 전후로부터 정치에 대한 관심을 잃지 않았을 뿐만 아니라 적극적인 정치관여를 감히 행하게 된다.

신헌법체제 발족 후에 천황의 지위·신분이 '상징'의 용어로 골자가 빠진 적도 있으며, 천황 스스로가 정치를 조정하는 것은 불가능했다. 그러나 천황 주변 및 전후 내각의 각료들은 천황에 대한 '내주(비밀리에 천황에게 상소하는 것을 가리킴)'를 행동에 옮긴 전형적 사례가 가타야마(片山哲) 내각의 외무대신이었던 아시다(芦田均)에 의한 것이었다. 아시다는 1947년 7월 22일에 천황을 배알할 기회를 얻었다. 그 때는 일본의 대소 외교방침을 둘러싸고 천황 스스로의 견해를 피력했다.

즉, 미일 관계를 중시하여 소련과는 일정한 거리를 지켜야 한다고 했다. 그 후, 아시다 외상은 몇 번인가 천황에게 내주를 했다.

이를테면, 1948년 8월 10일, 배알시에는 쇼와 천황으로부터 '공산당에 대해 어떻게든 손은 쓸 필요가 있다고 생각한다'는 질문에 대해, 아시다는 '나는 공산당의 박멸을 제일 먼저 생각하지 않으면 안 된다'는 내용이 일기에 쓰여 있다.(『아시다 일기』)

역대수상 중에서도 내주에 적극적인 인물로 사토 에이사쿠를 들 수 있다.

『사토 에이사쿠 일기』에는 오키나와 반환문제, 미일 섬유문제, 안보문제, 치안문제 등 다양한 문제에 관하여 내주를 반복했던 사실이 기술되어 있다. 사토 내각을 이어받은 다나카 가쿠에이는 사토와 마찬가지로 비정기적으로 내주를 해왔다.

이처럼 쇼와 천황의 관심대상은 외교문제에서부터 치안문제에 이르는 내외의 모든 정치문제에 확대되어 있었고, 그 경향은 그 후에도 같았다.

그 중에서도 다나카 가쿠에이 내각의 방위청장관이었던 마스하라가 행한 '내주'가 특히 정치문제화된 사례가 있다.

그 진상은 현안이었던 제 4차 방위력정비계획의 내용에 관하여 내주하여, 그 후의 기자단과의 회견석상에서 쇼와 천황은 자위대의 장비증강을 걱정하는 근린제국의 반응에 대한 불만을 말했는데, 마스하라는 그 내용을 바로 기자단에게 말해버렸다. 그로 인해, 천황의 정치이용으로 비판되고 마스하라는 결국 사직하게 되는 사건으로 발전한다.

이 기자회견의 내용에서 천황을 이용하여 방위력정비를 도모하려는 의도가 있다고 규탄받게 된다. 여기에서는 천황이 고의로 방위문제에도 깊은 관심과 정치적인 발언을 한 것이 뚜렷해졌다.

'내주문제'는 복고주의적 성격을 가진 마스하라의 개성에서 나온 측면도 있으나, 군사전문가를 자부하는 쇼와 천황의 방위 문제의 깊은 관심에서 '내주' 행위에 이른 것으로 보여진다.

마스하라 장관을 비롯한 내주에 이른 각료 또는 정치가들에 있어 쇼와 천황은 여전히 전전의 권위를 보유한 군주로서 인식된 것에 틀림없다.

그렇기 때문에 쇼와 천황은 '인간 선언'을 한 후, 이번에는 '인간 천황'으로 신헌법에 의하여 제약된 자신의 정치적 행위를 금지에 상관없이 계속해서 정치적 발언이나 정치적 행위를 거듭해 온 것이다.

나중에 정치문제화되지만, 미군에 의한 오키나와 통치의 소망을 말하고, 또 미일안보 체결에 적극적인 자세로 임하려고 한 쇼와 천황의 미군추종과 오키나와 잘라내기의 자세도 천황자신의 하나의 정치판단으로, 간접적이나마 정부의 태도 결정에 큰 영향을 주었다는 의미에서 천황 자신이 의식하는 것보다 정치행위를 거듭해온 것이다.

신헌법에 의한 규제가 있는데도 불구하고 쇼와 천황이 계속해서 정치판단과 정치적 영향력의 사실상의 행사가 가능했던 배경에는 천황자신과 그 주변이 천황의 전쟁책임을 묻지 않았기 때문이며, 그로 인해 계속해서 일정한 정치행위나 언동이 허용된다는 인식이 존재하게 된 것이다. 그것이 바로 '성단론'을 재생산시키는 원동력이 된 것이다. 그건 말 그대로 '성단'이 정치적 연출로써 절호의 역할과 기대를 부여해 주었다.

침투하는 '성단론'과 전후 천황제의 재생

그와 같은 역할과 기대는 1945년 9월 당시부터 시작된 천황의 '지방순행'에 의해, 한층 더 증폭하게 된다. 지방순행은 '인간 선언'을 함으로서 천황의 신격성·신성성을 상실시키는 것과 맞바꾸어, 새로운 '천황 인지'를 획득하는 수단으로써 고안된 이벤트였다.

이와 같은 이벤트가 기획된 배경에는 지난 날 마자키 히로시가 『近きより(가까운 데부터)』(1946년 재간 제 1호)속에서 아시아태평양전쟁이란 '짐(=천황)의 몸의 안전을 위해 싸우고, 짐의 몸의 안전을 위해 항복했다고 봐야 한다'고 강하게 주장한 것처럼 지난 전쟁의 경위와 본질에 대한 자각이 있었기 때문이다. 그건 본서에서도 반복해서 술해 왔다.

천황의 지방순행은 전후의 상징천황제를 보존하기 위한 행위였지만, 천황주변에 존재하는 불안과 주저를 불식하는 결과가 되었다.

즉, 지방순행은 예상외로 호의적인 반응을 거두게 된다. 그 건 '성단신화'가 침투한 결과인지, 지방순행에 의해 천황의 '얼굴 보이기'와 '연설'이 '성단신화'를 명확한 것으로 만든 원인이 되었는지는 견해가 달라질 것이다. 분명한 것은 양자 가 상승효과를 발휘했다는 점이다.

그건 천황에 대한 친화성을 양출했다. 신격성의 상실과 친 화성의 획득이라는 결과가 애초부터 어디까지 상정되어 있었 는지는 불투명하다. 분명한 것은 '성단론'이 부동의 지위에 오르고 인지되어 왔다는 점이다.

그러나 그건 동시에, 쇼와 천황에게 전쟁책임을 물어, 분명 히 해야 할 아시아태평양전쟁의 침략주의에 베일을 씌워 전 후 세대에게 전쟁의 본질을 물을 기회를 빼앗게 되었다.

그와 같은 결과로 인해, 쇼와 천황의 전쟁책임을 묻고, 또 천황제 자체를 묻는 것은 전전과 같이 터부시된 것이다.

마츠우라가 '「천성인어(天聲人語, 아사히신문 칼럼)」의 천황과 전쟁' 속에서 전전의 저널리즘에는 천황·혁명·섹스의 3가 지 타입이 있었는데, 이 중에 전후에 남은 것은 천황뿐이었다 고 논했다. 천황보도의 관리·통제가 강했던 전후 일본의 저 널리즘의 실태를 지적할 것까지도 없다.

사실 천황의 전쟁책을 언급한 모토지마(本島等) 나가사키 시장(당시)이 총탄을 맞고(1990년 1월 18일), 천황제 문제에 대한 집중강의나 심포지엄을 기획한 메이지학원대학에는 우익진영으로부터 폭력행위가 발생했다. 또한 지방의회에서 천황의 전쟁책임에 관한 질문을 한 의원에 대한 문책결의나 경고처분 등, 분명히 언론봉쇄로 생각되는 어리석은 행위가 반복되었다.

이러한 언론봉쇄의 행위에 대해, 저널리즘은 의연한 태도를 취하지 않고 마지막까지 방관자의 입장을 취하는 형상이었다. 그런 저널리즘의 입장은 여론에도 내재되어 있으며, 동시에 많은 보수계 정치가들의 천황관에도 표현되어 갔다.

그 상징적 사례는 많지만, 그 중에서도 모리(森喜郞) 수상(당시)의 '일본은 천황을 중심으로 하는 신의 나라'라고 단정한, 소위 '신의 나라' 발언(2000년 5월 15일)은 기억에 새롭다.

현직의 수상이 주권재민(主權在民)을 기본원리로 하는 전후 민주주의를 부정한 언동의 어색함과, 이에 대한 여론이나 저널리즘의 반응에는 '성단론'에 의해 획득한 전후 천황제가 보수 정치체제의 창조물인 점을 다시 한 번 지적하지 않을 수 없다.

그 속에는 '성단'의 진상이 '국체보존'(=천황제지배체제의 보수)에 있으며, 국민을 전화로부터 구제·해방할 목적의식이 두 번째가 되었던 쇼와 천황 자신의 말조차도 무시되어 있는 듯하다.

이를테면 '전쟁을 계속하면 3종의 신기를 지킬 수가 없으

며, 국민조차도 죽이지 않으면 안 되므로 눈물을 머금고 국민
들을 살리기 위해 정한 것이다.'(『신쵸(新潮)』1986년 5월호)라는
의도적인지 무의식적인지는 정확하지 않으나, '신기'와 '국
민'의 우열을 가리는 것을 포함하여 국체보존을 최우선으로
한 정치적 결단으로서의 '성단'이었다는 것을 쇼와 천황 자신
이 인정한 것이 된다.

그 쇼와 천황은 전후에 연합군최고사령부(GHQ) 사령관 더
글라스·맥아더와 회견을 했을 때, 회견의 목적을 들어 다음
과 같이 말했다고 한다.

즉, "우리 국민이 전쟁수행에 있어서 정치, 군사 양면에서
행한 모든 결정과 행동에 관해 전책임을 지는 자로서 나 자신
을 당신의 대표로 하는 여러 국가의 재량에 위임하기 위해
방문했다."(더글라스·맥아더 『맥아더 회상기』 하권)라고 했다.

『맥아더 회상기』는 그 기재사실의 신빙성에 대해, 오늘날
여러 가지 의문이 제기되고 있다. 다시 말해, 거기에는 GHQ
의 중심국인 미국의 전후 아시아전략의 전개속에서 간접통치
로서의 일본점령을 원활히 진행시키기 위해, 천황제의 정치
이용이 영국이나 소련의 의향과는 따로 구상되고 실행에 옮
기는 과정으로, 당연히 거기에 정치적 행위가 움직였다고 해
도 이상한 것은 아니다.

그처럼, 당시의 정치환경 속에서 훗날 맥아더의 손으로 그

러한 미국의 계산을 겉으로 나타내는 일 없이, 쇼와 천황이 스스로의 전쟁책임을 끝까지 진다는 견해를 가지고 있다는 것을 보임으로써 쇼와 천황을 소추하지 않았던 이유로 삼으려고 한 것이다.

그건 결코 미국의 의도가 아니라 전쟁책임을 인정하고 사죄의 행동으로서의 회견이라는 입장으로, 이 책은(즉『맥아더 회상기』를 말함) 쇼와 천황을 소추하지 않았던 미국의 책임과 쇼와 천황의 책임을 동시에 해결하려고 한 것이다.

회견시에 표명된 쇼와 천황의 언동은 실제로 확인되지 않았다. 그러나 이 회상기가 출판된 1964년에는 동경올림픽이 개최되고, 쇼와 천황이 개회선언을 하는 등, 쇼와 천황의 '성단'이 전후의 부흥과 번영의 계기가 되어, 그 성과로서 아시아에서 최초로 올림픽 개최를 실현하기에 이른다는 해석의 여론이 압도적으로 강한 시기이기도 했다.

그런 뜻에서, '성단신화'는 신화로부터 '실화'에 가까운 형태로 수용되고 정착돼 있었다. 올림픽 전후에 매년 전국 각지에서 차례로 개최되는 국민체육대회의 개회선언자로서, 그리고 이러한 국가 이벤트에서 사실상의 주역을 연기함으로써, 성단은 '실화'로서 한층 더 확대되어 갔다.

그와 같은 상황 속에서, 맥아더와의 회견기에는 희생을 반성하지 않고, 국민의 구제에 분주했던 쇼와 천황이라는 이미

지를 한층 강하게 하는데 큰 영향을 주었다. 그것이 쇼와 천황
의 재위 중에 있었던 천황의 전쟁책임문제를 봉인하는 데 큰
영향력을 발휘했다고 생각된다.

황위계승과 탈냉전시대 이후의 '성단론'

그건 1989년 1월의 황위계승 이후에도 본질적으로는 변하
지 않는 것처럼 생각된다. 오히려 논의의 대상이었던 쇼와 천
황의 부재가 쇼와 천황을 논하는 데 있어 일종의 해방감을 주
는 한편, 전쟁책임문제를 깊이 생각하는 데 곤란을 가져오고
있다.

죽은 자에 대한 배려라는 의식이 쉽게 선행할 수도 있는
상황속에서, 학제적인 어프로치가 여러 정치압력 속에서 관
철될 가능성이 반드시 보장되지 않았다는 점도 가중된다고
생각된다.

그건 자숙이라는 형태로, 타자로부터 강요되어 받아들였다
기보다 스스로 받아들였다는 의미에서, 다시 말해, 자기검열
의 입장이 한 동안 눈에 띄게 된 것이다.

역사연구가 진행되고 일본의 침략전쟁책임의 소재가 분명
해지는데 비례하여, 국내여론 중에서도 지난 전쟁의 본질을
침략전쟁으로 파악하려는 역사인식이 깊어지는 한편, 쇼와

천황의 전쟁책임이 상대화되어, 의식적으로든 무의식적으로
든 평가의 대상 밖에 있는 것이 실태이다.

그러나 분명히 전기를 예측할 수 있는 사태도 일어나고 있
다. 그건 전후 일본의 보수체제를 지탱해 온 국제질서로서의
냉전구조가 소련붕괴를 계기로 종언한 것이다. 냉전구조가
종언한 것은 단순히 미소대립의 긴장감으로부터 해방된 것뿐
만 아니라, 이 정치적이고 군사적인 질서 속에서 자유로운 논
의가 봉쇄되어 온, 특히 아시아 국가의 국민들로부터의 소리
를 들을 수 있게 되었다.

지금까지 억압되고 봉쇄되어 온, 지난날의 피침략국가들의
국민들로부터 일본의 전쟁책임이나 식민지통치·군정통치
의 책임을 묻는 소리도 있었다. 그건 '종군위안부'문제나 식
민지통치책임 또는 전쟁협력에 분주했던 기업에 대해 전쟁책
임을 추궁하는 형태로 분출하고 있다. 국내뿐만 아니라 한국,
중국, 필리핀, 대만 등 아시아국가 국민들로부터 소송이 이어
지고, 국내에서도 뒤를 이어, 전쟁책임문제를 추궁하는 움직
임이 급변하고 있다.

그 움직임은 정체기미였던 전쟁책임문제에 관한 연구나 관
련자료의 수집·정리작업에 박차를 가하게 되고, 전쟁책임연
구는 상당히 성과를 얻고 있다. 더구나 그 연구나 토론 등이
시민을 포함하는 형태로 광범히 하고 반복적으로 전개되는

것이 현재 상황이다.

그러나 쇼와 천황의 전쟁책임의 추궁이라는 레벨에서는 변함없이 정체되어 있으며, 경우에 따라서는 일본의 전쟁책임 전체에 대한 주목이 강해지면서 천황에 대한 전쟁책임은 오히려 약해지고 있다.

그 이유는 한 가지만이 아니다. 본서에서 추구해 온 흐름에서 말한다면 '성단'이라는 '신화'와 역사사실과의 괴리, 다시 말해 '성단'과 '실화'와의 차이가 불명확해진 것이다. '신화'와 '실화'의 혼재상태가 '성단'의 진상을 사실상 뒤로 미루게 된 것이다.

반복하지만, 필자가 '성단'의 진상에 구애하는 것은 쇼와 천황의 전쟁책임을 명확히 하기 위해서만은 아니다. 그건 이미 여러 장소에서 실행되어 왔다. 그 보다도 '성단'그 자체가 전전 보수권력의 전후로의 슬라이드의 결정적 요인인 것을 강조하기 싶었기 때문이다. 그 과정에서 쇼와 천황의 소추가 회피되고, 천황제가 '상징화'되는 형태로 연명을 했다.

그로 인해, 천황의 인간선언과 지방순회로 시작되는 천황의 정치적 행동에서 전쟁책임을 묻는 일은 없었다. 반대로 전후 일본의 부흥과 번영의 최대주역자라는 계산된 입지만들기가 강행되어온 역사사실이 규명되지 않은 것이 문제인 것이다.

그런 의미에서 전후 일본의 역사는 허구의 산물인지도 모른다. 고도의 정치판단인 '성단론'은 전후 일본의 역사조차도 허구화하는 역할을 해 왔다고도 할 수 있다. 그 허구화된 역사의 주문 때문에, 대가 바뀌고 탈냉전시대에 들어가면서 역사의 진상을 쫓는 기회를 잃어버린 것은 아닌가라는 생각이 강하게 든다.

1980년대 후반부터 90년대에 걸쳐, 아시아 국가 국민들이 일제히 말한 전쟁책임을 묻는 목소리에 대해서는, 아주 왜곡된 반응밖에 표현하지 못했던 일본정부와 일본인의 문제의 배후에는 여기에서 지적한 것과 같은 과제를 안고 있었기 때문이다.

이것은 요즘 야스쿠니 신사 문제와도 통한다. 왜 이만큼 아시아의 국민들이 야스쿠니 신사를 참배하는 수상을 비판하는가? 이들 국민들의 비판에 대해, 너무나 무관심하고 비역사적인 말만 하고 진지하게 대응하지 않는 일본정부의 고관과 일본의 미디어 등에서 역사를 바르게 인식하지 않는 태도에 대한 초조함을 읽을 수 있다.

쇼와 천황의 신임을 받아 수상 자리에 앉은 도조 히데키 내각에 의해 개전한 전쟁으로, 심대한 피해를 입힌 아시아국가 국민들에게는 도조 히데키 등, A급전범으로 처형된 군국주의자와 침략전쟁의 지도자가 야스쿠니 신사에 합사되고, 영령으로 된 점에 대해서는 도저히 납득되지 않을 것이다.

반복하지만, 이와 같은 아시아 국가 국민들의 마음을 자각시켜 가기 위해서도 지금 우리 일본인들에게 요구되는 것은, '성단'의 허구성을 정면에서 비판하고 '성단론'의 주문으로부터 해방되는 것이다. 이것이 성공한 뒤에야만 아시아 국민들의 비판의 무거움과 그 의미를 감지할 수 있을 것이다.

이런 모습들을 통하여, 우리들 일본인은 아시아국가 국민들의 일원으로 받아들여질 것이다. 역사를 풀어가는 것은 우리의 현재와 미래를 자유롭고 풍부하게 하기 위한 기초작업인 것이다.

끝으로

지금 우리 손안에 1988년 6월 13일의 오키나와 위령의 날에 기인한 오키나와 류큐방송(RBC)이 제작한 특별방송, '늦은 성단-검증・오키나와 전으로의 길'이라는 각본이 있다.

디렉터 나카사토(中里雅之) 씨의 각본에 의한 이 프로그램에는 쇼와 천황의 '성단'이 1945년 8월 13일이 아니라, 좀 더 빨리 이루어졌다면 같은 해 4월 1일의 오키나와 본토・요미탄(読谷)에 연합군상륙에 의하여 본격화되는 오키나와 전이 일어나지 않았다고 한다. 또한 이 각본은 '철의 폭풍'이라고 불렸던 장렬한 싸움에서 15만명의 사망자를 내는 일은 없었을 거라는 내용의 역사의식이 강하게 나타난 작품이었다.

거기에서 중요한 포인트로서 특히 오키나와 전이 개최되기 2개월 반 전에 고노에 후미마로가 쇼와 천황 앞으로 제출된 조기 '종전'을 주장한 소위, '고노에 상소'에 대한 것이다. 그 상소에 대해 쇼와 천황은 '다시 한 번 전과를 올리지 않으면 안 된다'고 일축한 말이 강조되었다.

천황은 전력이 바닥난 일본 육군의 현실을 직시하는 일은 없었으며, 오로지 오키나와 수비군과 오키나와 민중들에게 절망적인 싸움을 강요한 제국 육해군 최고사령관으로서의 쇼와 천황의 비합리적인 판단과 '단체(=천황제 지배체제)'의 유지라는, 그 하나에만 집착하여 심대한 희생을 낳게 만든 천황의 무결단성과 무책임을 엄하게 비판한 내용이었다.

프로그램 내용은 오키나와뿐만 아니라, 여러 방면에서 큰 반응을 얻어, 프로그램에는 JCJ(일본 저널리스트 회의)상, 지방의 시대영화 최우수상, 갤럭시상, 특별상 등이 부여된다. 저자는 당시, 후지와라 아키라(히토츠바시대학 명예교수)를 중심으로 결성되어 있던 '오키나와 전을 생각하는 모임·동경'(1986년 결성)의 멤버의 한 사람으로 작성에 참가했다.

그 후, 필자는 동회 멤버의 한 사람이었던 야마다(山田朗, 현재 메이지 대학 문학부교수)와의 공저에서 『너무 늦은 성단』(쇼와 출판, 1991년 간행)을 출판하게 되었다. 이러한 일련의 작업속에서 저자는 쇼와 천황의 '성단'에 관련한 역사사실의 분석과

서술에 관심을 가지게 되었다.

그 후, 저자는 이 '성단'에 이르는 쇼와 천황 주변의 동향을 파악함과 동시에, 전후 일본사회에서의 '성단신화'나 '성단예찬론'이 쇼와 천황과 일본인의 전쟁책임 미루기에 아주 큰 역할을 담당해온 점과, 더구나 그것이 오늘날의 내셔널리즘의 고양과 더불어, 재생산되는 조류가 만들어지게 된 점 등을 자각하게 되었다.

여기에서 말하는 내셔널리즘의 고양이란, 패전책임 중에서 국제사회를 향해 열린 시민사회의 형성에 의하여 스스로가 주체적인 가치판단을 소중히 하고, 상호존중하면서 공생으로의 길을 열어가려는 정신이나 의식이 후퇴하여, 타자나 타민족 또는 여러 국민들과의 과잉된 경쟁주의 속에서 차별의식이나 배외주의를 표면화하는 것을 의미한다.

오늘날 일본사회는 아시아국가의 발전과 민주화의 진전 속에서, 그에 대한 대응이 뒤로 미루어지고, 또 경제격차로 인해 생긴 우월주의가 청산이 요구되고 있는 것 등도 거들어 일종의 폐속감이 떠돌고 있다. 그건 일종의 고립감이나 초조감이라고도 할 수 있다. 그런 시기에 일본국민은 스스로의 전통이나 역사에 대해 아이덴티티(귀족의식)를 필요이상으로 요구하고, 점점 사라져가고 있는 자신감 되찾기에 분주하다.

그런 시대 배경 속에서, 일본인으로서의 '프라이드'를 증명하기 위해 또다시 천황 및 천황제에 대한 동경의 마음이 깊어

지고 있다. 반복하지만 그것은 '성단신화'나 '성단예찬론'의
재등장이라는 문제이다.

'새 역사교과서를 만드는 모임'에 의해, 교과서에 나타난 역
사사실을 완전히 무시한 '성단론'이나 모리 수상의 '신의 나라'
'국체'발언, 더구나 매년 여름 '종전기념일'에 반복되는 '일본
을 구한 성단'이라는 표어의 범람, 그 속에는 추진하고 있는
심한 역사사실의 왜곡과 역사인식의 부재성과 희박화, 또 아시
아태평양전쟁 전체를 역사사실에서 객관적으로 재파악하고 역
사에서 배우려는 진지한 태도가 소멸되어 가고 있다.

이러한 동향에 역사연구자로서 저자는 다시 아시아태평양
전쟁이 무엇이었는지, 그 중에서도 패전과정에 나타난 쇼와
천황을 정점으로 하는 당시의 정치지도부의 전후 보수체제의
재생을 노린 종전공작에 관심을 가져왔다.

그 관심의 일부는 지난 날, 해군 세력을 중심으로 하는 종전공
작의 내실을 찾은 『일본해군의 종전공작』(中公新書, 1996년 간행)에
나타나 있지만, 그 때 이후, 항상 내 머리 속에서는 쇼와 천황 주
변에 의한 '성단론'의 창작과정과, 그 전후 보수구조의 재생을
염두에 둔 전후 전략의 형성과정의 추구에 뜻을 두어왔다.

그래서 본서는 이상과 같은 현재 상황을 밟아 전전기의 쇼
와의 역사를 종전의 정치과정을 중심으로 삼아, 그것이 대체
어떤 시대였는지, 전후의 쇼와와 헤이세이 시대에 어떤 형태

로 물려지고 있는지를 재고할 생각이다.

보다 구체적으로는 첫째, 쇼와 천황의 '성단'에 이르는 역사의 과정을 지금 다시 한 번 읽어보는 것에 있다. 그 속에는 '국체보존'을 궁극적인 목표로 하는 정치판단이 들어 있으며, 전후까지도 사정에 넣은 정치전략이었던 것, 그리고 그 결과로 천황제나 전전 권력을 전후로 원활히 슬라이드시키는 결과가 되었다는 것을 강조하려고 했다. 그건 대충 알고 있을 것으로 생각된다.

또 둘째, 전후의 '성단신화'나 '성단예찬론'이 전후 보수체제나 일본의 천황관에 어떤 효과를 부여해 왔는지를 검증하는 것이었다. 그처럼 '성단신화'나 '성단예찬론'의 주문에서 해방되지 않는 한, 냉정하고 객관적인 역사판단이 불가능하다고 생각된다.

그래서 본서는 도조 내각 말기에 궁중·중신그룹으로 시작된 도조 내각 타도공작을 쓰기 시작했다. 아시아태평양전쟁의 전체 구조 속에서 같은 시기 이후에만 한정한 것은, 종전공작으로 시작된 '성단'에 의한 항복결정 과정이 어떤 의미에서 전쟁의 본질이 담겨있다고 생각하기 때문이다.

이미 앞에서 인용했지만, 마자키 히로시가 『지카키요리(近きより)』에서 술한, 천황에 의한 천황을 위한 전쟁이었던 아시아태평양전쟁이란, 바꾸어 말하면, 말 그대로 '천황의 전쟁'이었던 것이다. 그런 의미에서 이 전쟁은 천황제의 내실을 아

주 충실히 구현한 전쟁이며, 개전과 종전이 천황에 의한 사실
상의 '성단'에 의해 강행된 것으로 보더라도 '천황의 전쟁'이
라는 것을 단적으로 나타내고 있다.

아시아태평양전쟁이란 대체 무엇인가? 이에 대해서는 지
금도 앞으로도 다양한 평가가 나올 것으로 생각된다. 그러나,
그 사실을 묻는 과정에서 마땅히 있어야 할 전쟁인식을 깊이
가지는 것이, 미래시대에서 평화를 실현하는 중요한 단서가
된다는 점에는 모든 사람들이 일치할 것이다. 본서 또한 이를
바탕으로 한, 역사연구자인 저자 나름대로의 아시아태평양전
쟁에 대한 평가이다.

인용 · 참고문헌 (발행년순)

기록 · 회상록 · 일기 · 전기 등

近衛文麿手記　『平和への努力』日本電報通信社, 一九四六年

近衛文麿　　　『失われし政治　近衛文麿公の手記』朝日新聞社, 一九四六年

鈴木貫太郎口述『終戦の表情』労働文化社, 一九四六年

作田高太郎　　『天皇と木戸』平凡社, 一九四八年

岡田貞寛編　　『岡田啓介回顧録』毎日新聞社, 」一九五〇年

豊田副武　　　『最後の帝国海軍』世界の日本社, 一九五〇年

石川信吾　　　『真珠湾までの経緯』時事通信社, 一九五〇年

木舎幾三郎　　『近衛公秘聞』高野山出版, 一九五〇年

安東義良　　　『終戦覚書』講談社, 一九五一年

加瀬俊一　　　『ミズリー号への道程』文藝春秋, 一九五一年

ジョン・ガンサー(木下秀夫・安保長春訳)　『マッカーサーの謎』時事通信
　　　社, 一九五一年

風見章　　　　『近衛文麿』日本出版協同, 一九五一年

河辺虎一郎　　『市ヶ谷谷から市ヶ谷谷へ』時事通信社, 一九五二年

塩原時三郎　　『東條メモ』ハンドブック社, 一九五二年

矢部貞治　　　『近衛文麿』弘文堂, 一九五二年

塩原時三郎　　『東條メモ』ハンドブック社, 一九五二年

池田純久　　　『陸軍葬儀委員長』日本出版協同, 一九五三年

緒方竹虎　　　『一軍人の生涯』文藝春秋社, 一九五五年

田中新一　　　『大戦突入の真相』元々社, 一九五五年

東久邇稔彦　　『一皇族の戦争日記』日本週報社, 一九五七年

岡田文夫　　　『近衛文麿　天皇と軍部と国民』春秋社, 一九五九年

鈴木貫太郎伝記編纂委員会編刊　『鈴木貫太郎伝』一九六〇年

佐藤賢了　　　『東條英機と太平洋戦争』文藝春秋社, 一九六〇年

藤田尚徳　　　『侍従長の回想』講談社, 一九六一年

富田健治　　　『敗戦日本の卯木側』今古書院, 一九六二年

小磯国昭自叙伝刊行会編　『葛山鴻瓜』中央公論事業出版, 一九六三年

ダグラス・マッカーサー(津島一夫訳)　『マッカーサー回想録』朝日新聞
　　　　　社,一九六四年
林平馬　　　　　『終戦運動秘録』博文社(改訂版),一九六四年
高宮太平　　　　『米内光政』時事通信社,一九六四年
佐藤賢了　　　　『大東亜戦争回顧録』徳間書店,一九六六年
木戸幸一　　　　『木戸幸一日記』上・下巻,東京大学出版会,一九六六年
木戸幸一日記研究会編　『木戸幸一関係文書』東京大学出版会,一九六六年
参謀本部編　　　『杉山メモ』下巻,原書房,一九六七年
　　　　　　　　『現代史資料３７　大本営』みすず書房,一九六七年
秋定鶴造　　　　『東條英機　その生涯と陸軍興亡秘史』経済往来社,一九六七年
富岡定俊　　　　『開戦と終戦』毎日新聞社,一九六八年
近衛文麿　　　　『近衛日記』共同通信社,一九六六年
高木惣吉　　　　『私観　太平洋戦争』文藝春秋,一九六九年
宇垣一成　　　　『宇垣一成日記』第三巻,みすず書房,一九七一年
正木ひろし　　　『近きより　戦争政策へのたたかいの記録』弘文堂,一九七四年
防衛庁防衛研修所戦史部編　『戦史叢書　大本営陸軍部(10)』朝雲新聞社,一九七五年
矢部貞治　　　　『矢部貞治日記』銀杏の巻,読売新聞社,一九七四年
東條英機刊行会・上法快男編　『東條英機』芙蓉書房,一九七四年
バーナード・クリッシャー(仙名紀訳)　『インタビュー　昭和天皇から不破
　　　　　哲三まで』サイマル出版会,一九七六年
岡田貞寛　　　　『岡田啓介回顧録』毎日新聞社,一九七七年
細川護貞　　　　『細川日記』中央公論社,一九七八年
外務省編　　　　『終戦史録』全六巻,北洋社,一九七九年
森本治郎　　　　『ある終戦工作』中央公論社(新書),一九八〇年
矢次一夫　　　　『東條英機とその時代』三天書房,一九八〇年
松谷誠　　　　　『大東亜戦争収拾の真相』芙蓉書房,一九八〇年
木戸幸一日記研究会編　『木戸幸一日記 東京裁判期』東京大学出版会,一九八〇年
亀井宏　　　　　『東條英機　その等身大の生涯と軍国日本』下巻,光人社,一
　　　　　九八一年
勝田龍夫　　　　『重臣たちの昭和史』下巻,文藝春秋,一九八一年
伊藤隆・野村実編　『海軍大将　小林躋造覚書』山川出版,一九八一年
野村実編　　　　『侍従武官　城英一郎日記』山川出版,一九八二年

岸田英夫　　　　『侍従長の昭和史』朝日新聞社, 一九八二年

柳田邦男　　　　『マリコ』新潮社(文庫)一九八三年

河原敏明　　　　『天皇裕仁の昭和史』文藝春秋, 一九八三年

千田夏光　　　　『勅語と昭和史』汐文社, 一九八三年

大平進一　　　　『最後の内大臣　木戸幸一　天皇制存続への戦い』恒文社, 一
　　　　　九八四年

高木惣吉　　　　『高木惣吉日記』毎日新聞社, 一九八五年

高木惣吉　　　　『高木惣吉日記』毎日新聞社, 一九八五年

芹澤紀之　　　　『謀略　吉田茂逮捕』芙蓉書房, 一九八五年

種村佐孝　　　　『大本営機密日誌』(新版)芙蓉書房, 一九八五年

半藤一利　　　　『聖断　天皇と鈴木貫太郎』文藝春秋, 一九八五年

赤松貞雄　　　　『東條秘書官機密日誌』文藝春秋, 一九八五年

粟屋憲太郎他編『東京裁判資料　木戸幸一尋問調書』大月書店, 一九八七年

実松譲　　　　　『海軍大将　米内光政』光人社, 一九八七年

杉森久英　　　　『近衛文麿』河出書房新社, 一九八七年

読売新聞社編　『天皇の終戦　激動の二二七日』読売新聞社, 一九八八年

野村実　　　　　『天皇・伏見宮と日本海軍』文藝春秋, 一九八八年

高橋紘　　　　　『昭和天皇発言録　大正九年から昭和六四年の真実』小学館,
　　　　　一九八九年

東郷茂徳　　　　『時代の一面』芙蓉書房, 一九八九年

岡部長景　　　　『ある侍従長の回想記』朝日ソノラマ, 一九九〇年

勝野駿　　　　　『昭和天皇の戦争』図書出版社, 一九九〇年

入江相政　　　　『入江相政日記』第一巻, 朝日新聞社, 一九九〇年

木下道雄　　　　『側近日誌』文藝春秋, 一九九〇年

豊田譲　　　　　『最後の重臣　岡田啓介』光人社, 一九九四年

高松宮宣仁　　　『高松宮日記』第八巻, 中央公論社, 一九九五～一九九七年

佐藤栄作(伊藤隆監修)『佐藤栄作日記』全六巻, 朝日新聞社, 一九九九年

徳川義寛　　　　『終戦日記』朝日新聞社, 一九九九年

伊藤隆編　　　　『高木惣吉　日記と資料』下巻, みすず書房, 二〇〇〇年

松本重治(聞き手・國弘正雄)『昭和史への一証言』たちばな出版, 二〇〇二年

有馬頼寧　　　　『有馬頼寧日記』第五巻, 山川出版社, 二〇〇三年

伊藤隆・武田知己編　『重光葵　最高戦争指導会議記録・手記』中央公論新

社,二○○四年

道越治編　　　『近衛文麿「六月終戦」のシナリオ』毎日ワンズ,二○○六年

연구서

日本外交学会編　『太平洋戦争終結録』東京大学出版会,一九五八年

ロバート・ビュートー(大井篤訳)『終戦外史』時事通信社,一九五八年

ロバート・ビュートー(木下秀夫訳)『東條英機』時事通信社,一九六一年

レスター・ブルークス(井上勇訳)『終戦秘話』時事通信社,一九六八年

ハーバート・ファイス(大窪愿二訳)『真珠湾への道』みすず書房,一九五六年

ウイリアム・クレイグ(浦松佐美太郎訳)『大日本帝国の崩壊』河出書房,一
　　　九六八年

家永三郎　　　『太平洋戦争』岩波書店,一九六八年

石田雄　　　『日本近代史大系8　破局と平和』東京大学出版会,一九六八年

栗原健　　　『天皇　昭和史覚書』原書房,一九七○年

アールビィン・クックス(加藤俊平訳)　『天皇の決断』サンケイ新聞出版
　　　局,一九七一年

西島有厚　　　『原爆はなぜ投下されたか』青木書店,一九七一年

歴史学研究会・日本史研究会編　『講座日本史7　日本帝国主義の崩壊』東
　　　京大学出版会,一九七一年

西島有厚　　　『原爆はなぜ投下されたか』青木書店,一九七一年

岡義武　　　『近衛文麿』岩波書店(新書),一九七二年

ディビッド・バーガミニ(いいだもも訳)　『天皇の陰謀』れおぽーる書房,
　　　一九七三年

大宅壮一　　　『日本でいちばん長い日』角川出版(文庫),一九七三年

ハーバート・ファイス(佐藤栄一他訳)『界大戦の「終結」南窓社,一九七四年

チャールズ・ミー(大前正臣訳)　『ポツダム宣言　日本の運命を定めた一七
　　　日間』徳間書店,一九七五年

井上清　　　『天皇の戦争責任』現代評論社,一九七五年

藤原彰　　　『天皇制と軍隊』青木書店,一九七八年

五味川純平　　　『御前会議』文藝春秋,一九七八年

デイビッド・タイタス(大谷堅志郎訳)　『日本の天皇政治』サイマル出版
　　　会,一九七九年

池田清　　　　　『海軍と日本』中央公論社(新書),一九八一年
藤原彰　　　　　『太平洋戦争史論』青木書店,一九八二年
野村実　　　　　『太平洋戦争と日本軍部』山川出版社,一九八三年
藤原彰他　　　　『天皇の昭和史』新日本出版社,一九八四年
秦郁彦　　　　　『昭和天応五つの決断』講談社,一九八四年
荒井信一　　　　『原爆投下への道』東京大学出版会,一九八五年
藤原彰編　　　　『沖縄戦と天皇制』立風書房,一九八七年
読売新聞社編　　『天皇の終戦』読売新聞社,一九八八年
波多野澄雄　　　『「大東亜戦争」時代』朝日新聞社,一九八八年
江藤淳監修　　　『終戦工作の記録』講談社,一九八八年
児島襄　　　　　『天皇と戦争責任』文藝春秋,一九八八年
荒井信一　　　　『日本の敗戦』岩波書店(岩波ブックレット),一九八八年
藤原彰・今井清一編　『十五年戦争史3　太平洋戦争』青木書店,一九八九年
五百旗頭真　　　『日米戦争と戦後日本』大阪書籍,一九八九年
クリストファー・ソーン(市川洋一訳)　『太平洋戦争と何だったか』草思
　　　　　　　　社,一九八九年
茶園義男　　　　『密室の終戦詔勅』雄松堂出版,一九八九年
坂本孝治郎　　　『象徴天皇制へのパフォーマンス』山川出版社,一九八九年
粟屋憲太郎　　　『東京裁判論』大月書店m一九八九年
千本秀樹　　　　『天皇制の侵略責任と戦後責任』青木書店,一九九〇年
渡辺治　　　　　『戦後政治史の中天皇』青木書店,一九九〇年
赤松剛　　　　　『昭和天皇の秘密』三一書房,一九九〇年
山田朗　　　　　『昭和天皇の戦争指導』昭和出版,一九九〇年
中村政則　　　　『象徴天皇制への道』岩波書店(新書),一九九〇年
藤原彰　　　　　『昭和天皇の十五年戦争』青木書店,一九九一年
藤原彰他編　　　『徹底検証・昭和天皇「独白録」』大月書店,一九九一年
田中伸尚　　　　『ドキュメント昭和天皇』第七巻,緑風出版,一九九二年
纐纈厚・山田朗　『遅すぎた聖断』昭和出版,一九九一年
大江志乃夫　　　『御前会議』中央公論社(新書),一九九一年
吉田裕　　　　　『昭和天皇の終戦史』岩波書店(新書),一九九二年
中村政則　　　　『戦後史と象徴天皇制』岩波書店,一九九二年
信夫清三郎　　　『聖断の政治学』頸草書房,一九九二年

山田朗 　　　　　『大元帥 昭和天皇』新日本出版社, 一九九四年

粟屋憲太郎他編『東京裁判への道』ＮＨＫ出版, 一九九四年

粟屋憲太郎 　　　『未決の戦争責任』柏書房, 一九九四年

由井正臣編 　　『近代日本の軌跡 5 太平洋戦争』吉川弘文館, 一九九五年

纐纈厚 　　　　　『日本海軍の終戦工作』中央公論社(新書), 一九九六年

山田朗 　　　　　『軍備拡張の近代史』吉川弘文館, 一九九七年

細谷千博他編 　『太平洋戦争の終結』柏書房, 一九九七年

保阪正康 　　　　『幻の終戦』柏書房, 一九九七年

升味準之輔 　　『昭和天皇とその時代』山川出版社, 一九九八年

東野真 　　　　　『昭和天皇二つの「独白録」』ＮＨＫ出版, 一九九八年

松浦総三 　　　　『「天声人語」の天皇・戦争 〈神の国』〉の報道研究』蝸牛社,
　　　　二〇〇〇年

ピーター・ウエッツラー(森山尚美訳) 　『昭和天皇と戦争』原書房, 二〇〇
　　　　二年

小林俊二 　　　　『対米開戦の真相』南窓社, 二〇〇二年

山田朗 　　　　　『昭和天皇の軍事思想と戦略』校倉書房, 二〇〇二年

ハーバート・ビックス(吉田裕監修・岡部牧夫・川島高峰・永井均訳)『昭和
　　　　天皇』下巻, 講談社, 二〇〇二年

粟屋憲太郎 　　　『東京裁判への道』上・下巻, 講談社, 二〇〇六年

영문연구서

Robert J.C.Buttow 　*Japan's Decision to Surrender*(Stanford, Cali:
　　　　Stanford University Press, 1954)

Herbert Feis 　　　*Between War and Peace: Potsdam Conference*
　　　　(Princeton, N.J.: Princeto University Press, 1960)

Hrold H.Sunoo 　　*Japnese Militarism Past and Present*(Chicago: Nel
　　　　son Hall, 1975

관련 연표 (一九四一~一九四五年)

一九四一(昭和一六)年

一月一六日	대본영육군부, 「大東亜長期戦争指導要綱」와 「対支長期作戦指導計画」를 결정
一月三〇日	대본영정부 연락회의, 「対仏印泰施策要綱」를 결정
二月三日	대본영정부 연락회의, 「対独伊ソ交渉案要綱」를 결정(일소 국교조정)
三月二四日	松岡洋右 外相, 스탈린과 회담(四月一二日, 재회담)
三月二七日	松岡外相, 히틀러와 회담
四月一日	松岡外相, 무솔리니와 회담
四月一七日	대본영 해군부, 「南方施策要綱」를 概定
四月一三日	일소 중립조약조인
四月一六日	일소 교섭, 정식으로 개시
六月八日	대본영, 「対南方施策要綱」를 결정(프랑스, 인도, 타이에 군사기지 설영을 기획)
六月一六日	汪兆銘 남경국민정부 주석이 내일
六月二二日	독소전 개시
六月二五日	대본영정부 연락회의, 「남방시책촉진에 관한 건」(南部仏印進駐)을 결정
七月二日	육군, 관동군 특수연습(関特演)을 결정 발동(대소 동원)
七月二日	어전회의, 「정세의 추이에 따른 제국국책요강」을 결정
七月二八日	남부 프랑스 인도 진주를 개시
九月六日	어전회의, 「제국국책수행 요령」를 결정(대영미 개전을 결정)
一〇月一六日	제 3차 近衛文麿 내각총사직
一〇月一八日	東條英機 내각성립
一一月五日	어전회의, 「帝国国策遂行要領」를 결정(무력발동의 시기를 12월 하순으로 결정)
一一月一〇日	어전회의, 대미 교섭의 갑을 안과「제국국책수행요령」을

	결정
一一月一五日	대본영 정부연락회의, 「対英米蘭戦争結促進에 관한 腹案」을 결정
一一月二〇日	대본영 정부연락회의, 「南方占領地行政実施要領」을 결정
一一月二五日	미국 국무장관 헐 (Hull, 일본군의 중국으로부터의 철퇴를 요구한 헐 노트(Hull note)제시
一二月一日	어전회의, 「戦争経済基本方略」을 결정(対英米欄開戦을 결정)
一二月八日	일본육군, 말레이반도 상륙(오전 2시) °일본해군, 하와이 진주만 기습(오전 3시 20분) °野村 주미대사, 미일 교섭의 정지를 통고(오전 4시 20분) °宣戦의 詔書공표(오전 11시 40분)
一二月一二日	각의, 일중전쟁을 포함한 전쟁의 명칭을 「대동아전쟁」으로 결정
一二月二五日	일본군, 홍콩섬을 점령

一九四二(昭和一七)年

一月二日	일본군, 마닐라 점령
一月一〇日	대본영 정부연락회의, 「정세의 추이에 따른 당면의 시책에 관한 건」을 결정
一月一八日	일독이 군사협정조인
二月三日	대일본 정부연락회의, 「대 독이(独伊) 교섭안 요강」을 결정
二月一五日	일본군, 싱가포르 점령
二月一八日	정부, 「大東亜戦争翼賛選挙貫徹運動基本要綱」을 결정
二月二三日	익찬정치체제협의회(翼賛政治体制協議会) 성립
三月七日	대본영 정부연락회의, 「앞으로 취해야 할 전쟁지도의 대강」을 결정
四月一八日	미국 폭격기(B 25)16 대가 동경, 나고야, 고베 등을 공습
四月四日	대일본정부연락회의, 「인도인의 인도에 관한 東條英機 수상담」을 결정
四月三〇日	제 二一回 총선거(翼賛選挙)
五月二〇日	翼賛政治会 결성(一国一党 상태로)
六月五日	미드웨이 개전으로 일본해군, 주력공모 4척 격침됨

八月七日	미군, 툴라기(Tulagi)·과달카날섬에 상륙
一二月一〇日	어전회의, 「당면의 전쟁지도상의 작전과 물적국력과의 조정 및 국력의 유지증진에 관한 건」을 결정
一二月二一日	어전회의, 「대동아전쟁 완수를 위한 대 중국 처리 근본 방침」을 결정
一二月三一日	정부, 과달카날 철퇴를 결정

一九四三(昭和一八)年

一月九日	일본군, 과달카날 철퇴를 개시
一月一四日	대본영 정부연락회의, 「대동아전쟁 완수를 위한 미안마 독립
二月一日	일본군, 과달카날섬 철퇴개시
三月一日	대본영 해군부, 対ソ静謐保持를 결정
三月二日	병역법 개정공포, 조선에 징병령시행
三月一〇日	대본영 정부연락회의, 「버마 독립 지도요령」을 결정
三月一八日	「전시행정특별법」 「전시행정직종특별법」을 공포(경제동원에 관한 수상 권한강화)
四月二八日	대본영정부연락회의, 「금후의 枢軸側 전쟁지도에 관한 건」을 결정
五月二九日	애투섬(Attu)의 일본군 수비대(약 2500명)사망
五月三一日	어전회의, 「대동아정략지도대강(大東亜政略指導大綱)」을 결정
六月二五日	勤労動員令(패전까지 약 300만명의 학도를 동원)
六月二六日	대본영정부연락회의, 「比島独立指導要綱」을 결정
九月八日	이탈리아, 무조건항복
九月三〇日	어전회의, 「금후 취해야 할 전쟁지도 대강」 및 「위에 따른 당면의 긴급조치에 관한 건」을 결정하여, 절대국방권을 설정
一一月五日	대동아회의(일본, 만주, 타이, 필리핀, 면마, 중국 汪정권의 대표가 참가)
一一月二二日	「카이로 선언」 공포

一九四四(昭和一九)年

二月二一日	東條英機 수상, 육군대신과 참모총장을 겸임
三月八日	일본군 임팔작전 개시(실패로 끝남)
六月四日	연합군, 노르망디 반도에 상륙
六月一五日	미군, 사이판 섬 점령
六月一九日	마리아나 해전, 일본해군 패배(공모 3척, 항공기 430 대를 상실)
七月一八日	궁중·중신 그룹에 의한 東條 내각 타도 공작으로 東條 내각 총사직
七月二二日	고이소(小磯国昭) 내각 성립
八月五日	대본영정부연락회의(大本營政府連絡會議)을 최고전쟁지도회의(最高戰爭指導會議)로 명칭변경(수상의 전쟁지도에 대한 발언 강화를 도모한다)
八月一九日	최고전쟁지도 회의, 「세계정세판단」및「금후 취해야 할 전쟁지도 대강」을 결정
八月二五日	연합군, 파리에 입장
九月五日	최고전쟁지도회의, 「대 충칭 정치공작에 관한 건」을 결정
九月二三日	최고전쟁지도회의, 「독일 급변의 경우에 대외조치복안」을 결정
九月二八日	최고전쟁지도회의, 「대소 정책에 관한 건」을 결정
一〇月二四日	레이테 해전(일본해군, 공모 3척, 전함 3척 등 26척, 항공기 215대 상실하여 사실상 전멸)
一一月二一日	최고전쟁지도회의, 「인도 가 정부지도에 관한 건」을 결정
一二月一三日	최고전쟁지도회의, 「현지에서의 대 충칭 공작 지도에 관한 건」을 결정

一九四五(昭和二〇)年

一月一一日	최고전쟁지도회의, 「중국 전시 경제확립대책」「중국에서의 물자조달 통일요령」을 결정
一月一八日	최고전쟁지도회의, 「금후 취해야 할 전쟁지도 대강」을 결정
一月二五日	최고전쟁지도회의, 「결전 비상조치요강」을 결정
二月四日	얄타회담
二月一四日	近衛 상소(패전 필시, 즉시강화를 주장)

二月一日	최고전쟁지도회의, 「정세의 변화에 응한 프랑스·인도 처리에 관한 건」을 결정
三月九～一〇日	미군기 B29, 334기 동경 대공습(사망자 84,000명)
四月一日	미군, 오키나와 본토 요미탄(読谷)에 상륙
四月五日	고이소(小磯国昭) 내각총사직
四月七日	스즈키(鈴木貫太郎) 내각 성립
五月七日	독일, 무조건항복
六月三日	하라다(原田)·마릭(소련 대사)회담
六月八日	천황이 참석한 최고전쟁지도회의, 「금후 취해야 할 전쟁지도 기본대강」(본토결전 방침)을 채택
六月二二日	천황이 참석한 최고전쟁지도회의, 천황이 전쟁종결방침의 검토를 지시
六月二三日	오키나와의 일본군 수비대 전멸
七月一〇日	최고전쟁지도회의, 「소련사절단 파견의 건」을 결정(소련에 종전알선 이후를 위해 近衛文麿 파견)
七月一〇日	전시 긴급조치법 공포(내각에 독재적 권한을 부여)
七月一七日	포츠담회담 개시
七月二六日	포츠담선언 발표
七月二八日	鈴木 수상, 전쟁계속을 표명
八月六日	미국, 히로시마에 원폭투하
八月八日	소련, 일본에 선전포고
八月九日	미국, 나가사키에 원폭투하
八月一四日	어전회의, 포츠담 수락을 결정
八月一五日	종전의 조서(녹음 방송)
九月一〇日	대본영 폐지
一一月三〇日	육군성·해군성을 폐지

출판을 기념하여

저서 『쇼와 천황과 일본패전(일본어 타이틀:聖断の虚構と昭和天皇)』이
한국에서 출판되는 것은 바라던 외의 기쁨이다. 한국에서의
출판은 3권째지만, 지난 번 번역서 『부활하는 일본의 군국주
의』와 같이 이번에도 제이앤씨 출판사에 신세를 졌다. 동사의
윤석현 부장님을 비롯하여 박채린 계장님께는 거듭 인사말씀
을 드리고 싶다.

일본에서는 전후 오랫동안 쇼와 천황의 전쟁책임의 소재를
둘러싼 논의와 연구는 어떤 의미로는 무언의 압력으로 존재
하고, 충분히 진전했다고는 말하기 어려운 상황이 지속되어
왔다. 또 쇼와 천황은 동경재판에서 소추되지 않았던 것으로
인하여 전쟁책임이 없으며, 그 책임은 많은 일본육군(군부)에
있다는 생각이 오랫동안 지배적이었다.

그러나 천황 사후(1989년 1월 17일)를 계기로, 쇼와 천황의 전
쟁책임을 둘러싼 논쟁이 급속히 진전되고, 거기에다 쇼와 천
황에 관한 자료나 증언이 많이 발견되기도 하여 천황의 전쟁

책임에 관한 논의나 연구가 급속히 깊어져갔다. 그것은 단지 쇼와 천황 개인의 전쟁책임을 묻는 것이 아니라 일본천황제라는 일본 특유의 국가제도의 검증이라는 형태로 진행되었다.

필자도 90년대 초두에 본서의 기초가 된 『너무 늦은 성단 (遲すぎた聖斷, 쇼와출판, 1991년)』을 출판했다. 또 그 후에 발견된 새로운 자료를 추가하여 저자 나름대로 최근의 일본천황제의 구조분석이나 '성단'의 이름에 의한 패전결정과정 속에서 지금까지 이어지는 전후 일본의 국가체제가 재편된다는 시점에서 쓴 것이 본서이다. 본서에서는 특히 '성단'이 전후 일본의 보수체제를 구축하기 위한 정치판단이었던 점을 강조하고 있다. 본서는 2006년에 신일본출판사에서 출판되어, 이미 3판 6000부 정도 팔렸으며, 큰 반응이 있었다.

한국에서 일본천황제에 대한 관심이 어느 정도인지 필자가 확인할 수 없지만, 조선 식민지지배의 최고책임자였던 일본육군최고사령관(대원수)의 지위를 계속 유지해온 쇼와 천황의 정치행동에 대해서는 보다 많은 정보가 제공되어야 한다고 생각한다. 그 일환으로 본서가 한국에서 출판되는 의의는 적지 않다고 믿는다. 한국에서 많은 독자들을 만나기를 기대한다.

야마구치대학 교수
고케츠 아츠시

저자 고케츠 아츠시

『문민통제 자위대는 어디로 가는가』 이와나미 서점(岩波書店), 2005
『전쟁과 평화의 정치학』 호쿠쥬 출판(北樹出版), 2005
『군사체제론 파병국가를 넘어서』 임펙트 출판회, 2004
『군사법제란 무엇인가? 그 사적검증과 현 단계』 임펙트 출판회, 2002
『군사법의 덫에 속지 말라』 가이후샤(凱風社), 2002
『주변사태법 새로운 지역 총동원법·군사법제의 시대』 샤카이 효론샤(社會評論社), 2000
『검증·신가이드라인 안보체제』 임펙트 출판회, 1998
『PKO협력법체제』 아즈사 서점(梓書店), 1995
『현대정치의 과제』 호쿠쥬 출판(北樹出版), 1994
『일미안보의 역사와 구조』 쵸슈 신문사(長周新聞社), 1993
『헌법9조와 일본의 임전체제』 가이후샤(凱風社), 2006
『성단허구와 쇼와 천황』 신일본출판사(新日本出版社), 2006
『감시사회의 미래』 소학관(小學館), 2007
『우리들의 전쟁책임』 가이후샤, 2009
『다나카 기이차-총력전국가의 선도자』 휴요쇼보출판(芙蓉書房出版), 2009

번역서 (한국어)『침략전쟁』 범우사, 2006
        (중국어)『침략전쟁-역사사실과 역사인식』 대만 다카오복문도서출판사(高雄復文圖書出版社), 2007

공저 『동아시아의 냉전과 국가 테러리즘』 오차노미즈 쇼보(御茶の水書房), 2004
        『현대의 전쟁』 이와나미 서점(岩波書店), 2003

역자 박현주

경북 경주출생.
릿쇼(立正) 대학대학원 박사과정수료 (지리학박사).
현재 야마구치대학 인문학부 연구원.
야마구치현립대학, 야마구치단기대학 강사.

저서 『한글 독본-기초에서 독해까지』 아카시(明石) 서점, (공저), 2004
        『사랑해요! 한글-초급에서 중급으로』, 하쿠테이샤(白帝社), (공저), 2007

번역서 『침략전쟁』 범우사(공역), 2006
        『부활하는 일본의 군국주의』 제이앤씨, 2007

주요논문 「한국인 뉴커머·커뮤니티의 형성과 전개」(릿쇼대학대학원 박사논문) 2001
        「일본에서의 한국·조선계 미디어형성과 전개」(신지리, 제48권, 3호) 외

쇼와 천황과 일본패전

초판 인쇄 2010년 2월 15일
초판 발행 2010년 2월 28일

역 자 박현주
발행처 제이앤씨
등 록 제7-220호

주소 서울시 도봉구 창동 624-1 현대홈시티 102-1206
전화 (02) 992-3253(대)
팩스 (02) 991-1285
전자우편 jncbook@hanmail.net
홈페이지 http://www.jncbook.co.kr
책임편집 박채린

ISBN 978-89-5668-762-9 93830   정가 14,000원